당신이 꽃같이
돌아오면 좋겠다

당신이 꽃같이 돌아오면 좋겠다

고재욱 글 | 박정은 그림

7년간 100여 명의 치매 환자를 떠나보내며
생의 끝에서 배운 것들

웅진지식하우스

김철두 씨와 김정순 씨,
나의 부모님께 이 책을 바칩니다.

의미 없는 인생은
없다

산책 중이었다. 어디선가 새소리가 들렸다. 나는 걸음을 멈추고 귀를 기울였다. 새가 있을 법한 곳을 눈으로 더듬어 보았지만 새는 어디에도 보이지 않았다. 숨소리를 낮추고 나무처럼 꼼짝 않고 섰다. 한참을 그러고 있으려니, 큰 나무 뒤에 숨어 있던 작은 새가 종종종 걸어 나와 모습을 드러냈다. 새가 놀라서 달아날까 봐 나는 조심조심 한쪽 무릎을 꿇고 그 자리에 앉았다.

그때, 바닥에 핀 작은 꽃들이 눈에 들어왔다. 새끼손톱보다 작은 노란 들꽃 열 몇 송이가 마치 하나의 큰 꽃인 듯 한데 모여 피어 있었다. 새소리를 듣지 못했더라면, 새를 찾느라 몸을 낮추지 않았더라면 보지 못했을 작은 꽃들이었다. 작고 노랗다는 것 말고는 특별할 것 없는 모양의 들꽃 무리, 우연히 마주치는 사람들 외에는 그 누구의 눈에도 띄지 않고 꽃잎이 다 떨어지는 날까지 조용히 저물어 갔을 흔한 들꽃 무리.

이 책은 요양원에서 인생의 마지막 시간을 살아가고 있는 치매 노인들의 이야기다. 그들의 두서없이 뒤섞인 기억의 조각들을 모아 엮은 글이다. 치매 노인들의 조각난 기억들을 복원하는 일은 쉽지 않았는데, 반복되는 퍼즐 맞추기를 하며 나는 한 가지 사실을 깨달았다. 아무리 보잘것없어 보여도 의미 없는 인생은 없다는 것이다. 나는 요양원에서, 그리고 거리에서 수많은 죽음을 목격했다. 그 죽음 앞에서 하찮은 삶은 없었다.

예전에 나는 심각한 우울증을 앓았다. 열심히 살았다고 생각했는데, 소설처럼 삶의 재난은 나에게도 닥쳐왔다. 금융위기와 부도, 파산, 남의 것인 줄로만 알았던 낱말들이 내 것이 되었다. 갈 곳이 없어지니 발길이 마포대교로 향했다. 마포대교 위에서 꼼짝 않고 두어 시간 동안 강을 바라보았다. 그러다 목적지도 모른 채 다시 걷기 시작했다. 걷고 또 걸어 다다른 곳이 '영등포 광야 홈리스센터'였다. 사탕 상자의 밑바닥처럼 귀퉁이가 깨지고 동강이 난 사탕들, 이리저리 구르다 부서져 모래알처럼 조각난 사탕들이 눅눅한 설탕 가루와 함께 바닥에 엉겨 붙어 있었다. 겉은 멀쩡한데 속이 산산이 부서진 사람들, 무기력한 눈빛으로 먹고 자고 배설하는 일과만 남은 사람들 속에서 뒤엉켜 1년 반의 시간을 보냈다.

한 교회에서 운영하는 노숙인 자활 프로그램에 참여하며 굳게 닫혔던 마음이 조금씩 열리는 것이 느껴졌다. 노숙인이 다른 노숙인을 돕는, 일종의 봉사 활동이었다. 겨울밤에는 영등포역 주변을 돌며 얼어 죽는 노숙인이 없는지 살폈고, 시설 입소를 거부하고 길에서 지내는 노숙인들을 씻기는 일을 했다. 그때 거리에서 정말 수많은 죽음을 보았다. 아무도 슬퍼하지 않는, 가장 외롭고 차가운 죽음들을 목격하며 아이러니하게도 나는 삶의 의지를 다잡기 시작했다.

그 후로 나는 치매 노인들을 돌보는 요양보호사가 되었다. 7년간 세 곳의 요양원에서 근무하며 100여 명의 노인들이 떠나는 모습을 지켜봤다. 매일같이 살 부딪치고 식사를 돕고 몸을 씻겨드렸던 분들이다. 어쩌면 명절에야 간신히 마주 앉아 식사하는 부모님보다도 더 가까이 지냈던 분들이다. 그런 분들이 떠나는 날은 뭔지 모르지만 죄를 지은 기분이었다.

그런 내 마음을 지켜봐왔던 한 할머니는 떠날 무렵, 내게 하나만 약속하라고 말했다.

"미안해하지 말아라. 나랑 약속해."

할머니께는 약속하겠다, 절대 미안해하지 않겠다 다짐했지만 작별의 순간에는 좀처럼 지켜지지 않는다.

몸이 자유롭지 않거나 마음이 흉터투성이인 노인들, 이제는 다 커버린 자식을 알아보지 못하지만 여전히 어린 내 새끼 배고플까 온통 자식 걱정뿐인 노인들, 숨이 꺼지는 고통의 순간에도 오히려 남은 사람들을 위로하는 노인들……. 그들의 보잘것없어 보이는 하루를, 조각난 기억을 따라가다 보니 어느새 내 마음의 오래된 상처가 아물어가고 있었다.

이제 그들이 내게 전해준 마음의 치유제를 더 많은 이들과 나누려 한다. 살아온 모든 기억을 잃고 그리운 가족과 떨어져 요양원에서 지내면서도, 여전히 희망을 잃지 않고 아름다운 마지막 날들을 살아갈 수 있는 이유를 독자들에게 전하고 싶다.

지금 내게 없는 것 같은 희망도, 사실은 늘 지나다니는 길옆 한구석에 무리지어 있을 수 있음을 이야기하고 싶다. 잠시 걸음을 멈추고 발밑을 내려다보면 발견할 수 있는, 작고 노란 들꽃 같은 희망을.

원주에서,
고재욱

차례

2부

삶은 당신의 손을
쉬이 놓지 않습니다

3부

기억은 잊어도
가슴에 새겨진 사랑은 잊히지 않습니다

4부
깊은 밤일수록
별은 더욱 반짝입니다

5부

오늘이 세상의
첫날인 것처럼 살겠습니다

1부

돌이켜보니

온통 아름다웠습니다

삶을 아름답게 완성하는 길은
서툴고 모자랐던 어제의 나를 인정하는 것

삶의
마지막을 위한 연습

휠체어에 옮겨진 할머니의 얼굴이 일그러졌다. 들릴 듯 말 듯 희미한 신음소리가 맥없이 새어 나왔다. 사설 구급대원이 황급히 허리를 숙이고 휠체어 발판 밖으로 떨어진 할머니의 왼발을 받쳐 올렸다. 환자복의 허벅지 가운데께 붕대로 동여맨 자리가 위로 불룩 솟아 있었다.

몇 주 전 사고가 있었다. 휠체어로 이동하던 중에 할머니가 침대에서 떨어졌다. 그 일로 할머니의 왼쪽 넓적다리뼈는 두 동강이 나고 말았다. 일반적인 상황이었다면 수술을 해야 했겠지만, 의사는 할머니 연세로는 마취에서 깨어나지 못할 수 있다고 했다. 결국 할머니 가족들은 수술을 포기했다. 할머니는 석고 고정판을 왼쪽 허벅지 아래에 받치고 붕대를 칭칭 감은 모습으로 요양원에 돌아왔다. 입원한 지 3주 만이었다. 평소 잘 웃던 할머니의 얼굴엔 고통만 남아 보였다. 그 일이 있은 후로 할머니는 식사를 거의 못했다. 죽고 싶다는 말만 되풀이했다. 나는 할머니를 위로하고 싶었지만 괜찮을 거라고 말하지 못했다. 나는 할머니가 괜찮아질 수 없다는 것을 알고 있다.

나는 자주 죽음을 마주한다. 정확히 말하자면, 숨이 꺼져가는 누군가의 삶의 끝자락에 자주 끼어 있다. 그럴 때 나는 고통에 일그러진 죽어가는 환자와 그걸 보며 절절한 울음을 토해내는 가족들 사이에 덤덤히 서 있다.

사람들이 "까짓것 죽기밖에 더하겠어"라고 말할 때가 있다. 이 말대로라면 죽는 일이 대수롭지 않게 느껴진다. 삶을 원하는 만큼 즐겁게 살다가 적당한 나이가 되면 '며칠 앓다가 죽어야지'라고 생각하는 것은 그저 사람들의 희망 사항일 뿐이다. 그런 일이 전혀 없는 것은 아니지만, 대개 아픈 노인들은 삶의 마침표를 찍기 위해 죽음의 몇몇 징후가 보인 후에도 몇 달에서 길게는 몇 년까지 죽어가는 과정을 거쳐야 한다. 이는 환자 자신은 물론이고 그 곁을 지키는 이에게 생각보다 훨씬 고통스러운 시간이 된다.

지긋지긋한 고통의 시간이 흐른 후 드디어 삶이 끝날 것 같은 날이 오지만 생(生)은 쉽게 물러서지 않는다. 노인은 들숨과 날숨의 간격이 갈수록 길어지는 며칠의 최종 관문을 지나고 나서야 드디어 호흡을 멈추고 삶을 마무리한다. 죽음에 이르는 길은 단숨에 끝나지 않는다.

할머니는 점점 의식이 흐려졌다. 할머니 머리 위로 매달린 링거 줄도 늘어갔다. 잠시 맑은 정신으로 돌아올 때면 "나를 그만 보내라"고 소리쳤다. 몇 마디의 짧은 비명을 쏟아낸 할머니는 다시 호흡기에 의존해서 잠이 들었다. 보호자들은 침통한 표정으로 그런 할머니를 지켜보다가 한쪽에 마련된 간이침대에서 새우처럼 구부린 채 선잠에 빠지곤 했다. 얼마간의 시간이 지나자 할머니와 보호자들은 누가 더 아픈 사람인지 모를 정도로 초췌해져갔다. 그러는 동안 나는 묵묵히 할머니의 기저귀를 갈아드리고 비위관(코를 통해 음식을 섭취하는 튜브)에 영양액을 투입하고 눈을 감은 할머니에게 평소처럼 인사를 건넸다. 그것이 내 일이었고, 나의 일이란 슬픔을 드러내서는 안 되는 것이었다. 할머니와 보호자, 그리고 나는 할머니의 마지막 삶을 위해 꽤 힘든 시간을 보내야 했다.

죽음을 맞이하는 일은 늘 두렵다. 더러는 죽음에 대해 이런저런 설명을 듣기도 한다. 직접 죽음을 경험하지 않은 사람이 말하는 죽음에 대한 해석을 어디까지 믿어야 할까? 죽음의 외형적인 모습은 볼 수 있지만 죽어가는 이의 마음은 볼 수 없다. 환자 대부분은 죽음의 마지막 단계에서 가사 상태에 빠지기 때문에 어떤 느낌인지 직접 물어볼 수 없다. 그저 짧아진 들숨과 길어진 날숨의 거친 호흡 소리만 들릴 뿐이다. 가족들에게 둘러싸여 한 사람 한 사람과 눈을 맞추고 마지막 유언을 남기고 잡았던 손을 떨어뜨리며 죽음을 맞이하는 일은 드라마에서나 가능한 일이다. 과연 죽음의 순간에 환자의 마음 속에는 무슨 일이 일어나고 있을까?

한 가지 알 수 있는 것은 아직 환자의 의식이 온전할 때 그들이 죽음을 기다리는 반응이다. 내가 지금까지 만난 백여 명의 죽어가던 사람들은 예외 없이 죽음을 두려워했다. 나 또한 죽음이 두렵다. 나는 그들과 죽음에 대해서 많은 대화를 나눴는데, 이를 통해 그들의 마음을 조금은 알 수 있었다. 그들은 죽음 자체가 두렵다기보다는 죽기까지의 과정을 두려워한다는 것. 나 역시도 그게 제일 두렵다.

젊거나 아직 건강한 사람들은, 나이가 많은 사람들은 죽음을 담담하게 받아들일 거라고 생각하는 것 같다. 요양원을 방문하는 봉사자나 노인들을 보살피는 사람들과 대화를 나눠보면 직접적인 표현은 하지 않더라도 저마다 '죽어도 괜찮은 나이'에 대한 기준을 가지고 있었다. '저 정도 오래 살았으면 뭐……'라는 식이다. 하지만 그 기준의 대상은 늘 다른 사람일 뿐, 자기 자신을 그 자리에 세워보는 경우는 좀처럼 없다. 삶의 마지막이 죽음인 것을 부인하지는 않지만 '나는 아직 아니야'라고 생각한다.

7년여 동안 백여 명의 삶의 마지막 모습을 지켜봤다. 어떤 이들은 죽음을 막연하게 기다렸다. 겉으로는 죽음을 두려워하지 않는 것처럼 보였지만 내심 말하거나 생각하는 것을 꺼렸다. 또 다른 이들은 죽음에 대해 진지하게 생각했고 실제 죽어가는 과정을 알고자 했다. 죽음에 대해 겉모습만 알고 있던 사람과 죽음의 과정을 깊이 이해하고자 노력했던 사람의 마지막 태도는 너무나 달랐다. 전자가 자기 죽음을 부정하고 외면하며 두려움에 떨었다면, 후자에 속하는 이들은 때가 되자 죽음을 받아들이는 모습이었고 삶이 향하는 마지막 걸음을 신뢰하는 눈빛이었다.

자기 죽음을 스스럼없이 생각하던 사람들은 곧 고통스러운 시간이 찾아올 것을 알았지만 전혀 두려워하는 기색이 없었다. 오히려 가족들과 나를 위로하기까지 했다. 어떻게 그럴 수 있었을까? 어쩌면 우리가 살아가면서 완수해야 할 가장 중요한 과제 중의 하나는 죽음을 인정하는 마음을 가지는 것이 아닐까? 삶과 죽음은 언제나 거울을 마주하듯 서로 바라보고 있다는 것을 이해하고 받아들이는 마음이 필요하다.

누구에게나 죽음은 낯설고 무섭다. 하지만 죽음을 생각하며 지레 겁먹고 떨거나 애써 외면할 필요는 없다. 전 인류 중 누구도 죽음을 피할 수 없다는 명백한 사실은 우리에게 큰 위로를 준다. 우리만 죽는 것이 아니니까.

삶이라는 이야기의 마지막은 죽음이다. 결코 피할 수 없다면 당당히 마주하는 편을 택하고 싶다. 나 역시 다른 사람의 죽음을 보면서도 나는 아직 아니라는 생각을 하곤 했다. 타인의 죽음에는 관대하고 나의 죽음에는 반쯤 눈을 감고 있었다. 이제 나는 눈을 뜨고 미래의 죽음을 살펴보려고 한다. 현재의 삶을 위해, 오늘을 위해서.

그거면
됐다

어둠 속에 숨어 있던 안개는 새벽이 되어도 사라지지 않고 더 짙어
졌다. 큰 나무들의 형체마저 흐릿했고, 마을을 둘러싼 산등성이는
안개에 밀려 멀리 물러나 보였다. 논에 물을 대러 가는 사내의 그림
자가 유령처럼 허옇게 흔들렸다. 마을은 여느 날처럼 축축하고 조용
했다. 그래서 짙은 안개 속으로 허리 굽은 노인이 걸어 들어가는 모
습을 아무도 눈치채지 못했다. 해가 떠오르기 전까지.

　하루 중 가장 분주한 아침 시간이었다. 치매 노인들에게는 오늘
이 창세기 1장 1절의 시작이다. 어제의 기억은 사라지고 현재의 시
간만이 오늘의 기억이 되는 곳, 그리고 내일이면 오늘의 기억은 다

시 사라진 과거가 되는 곳, 이곳은 치매 노인들을 돌보는 요양원이다.

잠에서 깬 노인들이 무엇을 해야 할지 몰라 눈만 끔뻑거린다. 나는 노인들의 이부자리를 정리하고, 세수와 면도를 돕고, 아침 식사 준비를 한다. 기저귀를 교체하고 옷을 갈아입혀 드리고 휠체어에 어르신을 태우는 똑같은 일상이지만, 아침은 매번 분주하고 약간의 긴장마저 감돈다.

그때 복도에서 다급한 외침이 들려왔다.

"할머니가 사라지셨어요!"

평소에도 가끔 집에 가신다며 보따리를 싸던 분이었다. 걸음이 조금 불안정하긴 해도, 가벼운 보행이나 식사는 스스로 할 수 있었다. 인지능력은 치매 중기(기억이 뒤죽박죽 뒤섞임, 시간과 장소를 혼동, 거리를 배회하거나 길을 잃어버림 등) 상태였다. 할머니의 방을 살폈다. 보따리는 그대로 있었다. 다행히 멀리 가신 것은 아닌 모양이었다. 서둘러 요양원 주변을 살폈다. 새벽녘 자욱했던 안개는 자취를 감췄다. 문제는 할머니도 안개처럼 발자국 하나 남기지 않고 사라졌다는 것이었다.

주민은 적어도 전체 면적은 작지 않은 마을이었다. 이곳은 강원도 횡성군 안흥면, 찐빵과 더덕, 고로쇠 수액으로 유명한 곳이다. 면

소재지가 있는 중심부에는 오일장이 열리는 시장이 있다. 예전에는 장이 열리면 수백 명이 모여들 정도로 꽤나 번화했다고 하는데, 마을 외곽으로 새 도로가 생긴 뒤로는 장이 서는 날에도 한산하기만 했다. 시장이라고 해봐야 길 하나를 두고 양쪽으로 상점들이 늘어선 것이 전부다. 상점마다 들러 할머니를 수소문했지만 모두 고개를 저었다.

이 마을은 들어오고 나가는 길이 뻔했다. 큰길 쪽으로 가신 것이라면 크게 걱정할 일은 아니었지만 넓은 하천이나 논, 산으로 할머니의 걸음이 향했다면 보통 문제가 아니었다. 등줄기에 식은땀이 흘렀다. 가을이 왔다고들 하지만 낮 기온도 심상치 않게 높았다. 멀리 신고를 받고 출동한 흰색 SUV 순찰차가 사이렌을 울리며 바쁘게 할머니를 찾는 모습이 보였다. 그런데도 우리의 수색은 아무 성과가 없었다. 어떤 연락이라도 있나 확인하기 위해 휴대전화를 살폈다. 할머니가 사라진 지 한 시간이 지나고 있었다.

요양원 사무실 전화가 요란하게 울렸다. 나는 낚아채듯 수화기를 집어 들었다. 대책을 논의하러 모인 모두의 눈빛이 수화기로 향했다.

"요양원 할머니 같으신데 모셔 가세요."

"아, 감사합니다. 감사합니다. 감사합니다."

나는 전화를 끊으면서도 "감사합니다"를 외쳐댔다. 요양원 직원들뿐만 아니라 함께했던 경찰관들도 모두 안도의 한숨을 내쉬었다. 나는 서둘러 차에 올랐다. '무사하시다니 됐다' 하고 생각하면서도 왜 이런 일을 벌이셨는지 내심 서운한 감정이 밀려왔다.

자동차가 도착한 곳은 마을 외곽에 있는 오래된 성당이었다. 높게 자란 소나무들을 배경으로 그보다 더 높은 종탑이 그림처럼 어우러져 있었다. 목을 꺾고 올려다보니 아득했다. 넓은 마당엔 네모난 돌들이 흙 속에 묻힌 채 징검다리를 만들고 있었다. 소나무가 드리운 짙은 그늘 안에서 고양이 한 마리가 땅에 턱을 괴고 앉아 나를 보고 있었다. 때늦은 매미 소리가 이어졌다.

한눈에 입구가 보이지 않아 나는 성당 주변을 한 바퀴 돌고 나서야 안으로 들어갈 수 있었다. 성당 안쪽은 바깥에 비해 어두웠지만, 벽에 띄엄띄엄 설치된 스테인드글라스를 통해 색색깔의 빛줄기들이 조명 역할을 하고 있어 보기 불편한 정도는 아니었다. 가장 안쪽 벽에는 커다란 십자가가 걸려 있었고, 그 위에 매달린 남자가 고통스러운 표정으로 아래를 굽어보고 있었다. 그 앞에는 예수의 표정과는 달리 한없이 온화한 미소를 띤 성모 마리아상이 서 있었다.

할머니는 바로 그곳, 성모 마리아상 앞에 엎드려 있었다. 나는 아침부터 지금까지 할머니를 찾기 위해 이리저리 뛰어다녔던 시간이 떠올라 따지기라도 할 요량으로 할머니 옆으로 성큼 다가갔다. 그러자 할머니 뒤편에 서 있던 머리 희끗한 신부님이 내 마음을 알아차리기라도 한 듯 빙긋이 웃으며 "쉬잇!" 하고 검지손가락을 자신의 입에 갖다 댔다. 할머니를 방해하지 말란 뜻이었다. 나는 얼떨결에 조용히 할머니의 뒤로 가서 신부님과 나란히 서게 되었다.

할머니는 천천히 엎드렸던 몸을 일으켰다. 그러고는 다시 두 손을 공손히 턱 밑에 모은 후 무릎을 꿇고, 이마가 바닥에 닿을 만큼 머리를 숙이고는 두 손바닥을 하늘을 향해 뒤집었다. 그런 다음 다시 일어나 이 행동을 처음부터 반복하는 것이었다. 신부님이 살짝 내쪽으로 고개를 기울이며 속삭이듯 말했다.

"108배 중이십니다."

신부님은 할머니의 머리가 바닥에서 들릴 때마다 뒤에서 숫자를 세고 있었다. 그런데 가만 듣고 있자니 숫자의 순서가 드문드문했다.

"열일곱……."

"서른……."

"쉰하나……."

"여든셋……."

이런 식이었다. 할머니가 몇 번의 절을 더한 뒤, 신부님과 나는 동시에 크게 외쳤다.

"백여덟!"

할머니는 그제야 절을 멈추고 우리를 향해 뒤를 돌아보며 눈을 끔뻑거렸다. 그러더니 눈가의 주름이 더욱 자글자글해지며 흡족한 듯 미소를 지었다.

"기도란 것이 결국 무력한 인간을 위한 것일 테니 '보살'이시면 어떻고 '마리아'시면 어떻습니까. 허허……."

늙은 신부님의 선한 웃음소리가 멀리까지 우리를 배웅했다.

"할머니, 기도하실 거면 요양원 바로 옆 교회도 있는데 왜 여기까지 오셨어요?"

"거긴 시끄러워."

"그래서 뭘 그렇게 비셨는데요?"

"말하면 안 돼. 부정 타."

말하지 않아도 알겠다. 할머니는 아주 오래전부터 그랬을 것이다. 아무도 일어나지 않은 새벽에 정갈하게 머리를 묶은 뒤, 부뚜막 위에 우물에서 제일 먼저 길어온 물 한 그릇을 올려놓고, 정성을 다해 두 손을 비비며 기도했을 것이다. 부엌에서는 조왕신(민속신앙에

서, 부엌을 지키는 신)에게, 마을 입구에 있는 서낭당을 지날 때면 마을을 지켜준다는 다른 신에게, 부처를 알게 된 후에는 부처님에게 소원을 빌었을 것이다. 나 역시도 그래온 것 같다.

성모 마리아상 앞에서 부처님께 108배를 무사히 마친 할머니의 얼굴이 한결 평온해졌다. 노신부님의 말처럼 '그거면 됐다' 싶다. 할머니께서 뭘 비셨는지 짐작은 가지만 나 역시 말하지 않겠다. 부정 타면 안 되니까.

백발백중
명사수의 비밀

할아버지의 침대 옆에는 언제나처럼 오랜 친구인 네발 지팡이가 기다리고 서 있다. 지팡이 손잡이에는 비스듬히 검은 모자가 걸려 있었는데, 모자 옆면에 노란색 실로 새겨진 '참전용사'라는 글씨가 선명했다. 할아버지는 침대에 걸터앉아 잔뜩 미간을 찌푸린 채로 창밖을 살피고 있다. 일어나 있는 동안에는 늘 돋보기안경을 코에 걸쳤는데, 그래서 비스듬한 방향에서 할아버지를 보면 한쪽 눈이 도깨비 눈처럼 커다랗게 보였다. 또 귀에는 살구색 보청기가 걸려 있었는데, 150센티미터 남짓한 키에 바싹 마른 몸의 할아버지에게는 그 모든 장치와 도구들이 거추장스러워 보였다.

침대 머리 쪽 벽에는 농협에서 나눠준 농사 시기가 표시된 달력이 걸려 있었고, 달력은 6월에 멈춰 있었다. 침대 옆 낮은 서랍장 위에도 작은 달력이 세워져 있었는데 그곳의 시간도 6월이었다. 10월인 지금도, 12월이었던 작년 겨울에도, 할아버지의 달력들은 언제나 6월에 머물러 있다.

창밖을 한참 살피던 할아버지가 누가 듣기라도 하면 큰일 난다는 듯이 목소리를 낮추고 물었다.

"오늘이 며칠인고?"

나는 지체하지 않고 대답했다.

"6월 26일입니다."

할아버지는 어제도 며칠인지 물었고 나는 6월 26일이라고 답해드렸다. 내일도 할아버지는 똑같은 질문을 할 것이고 그때에도 내 대답은 똑같을 것이었다.

"그럼 올해도 전쟁 없이 지나간 거로군."

"네. 올해도 아무 일 없이 지나갔습니다. 오늘이 6월 26일이니까요."

할아버지는 6·25 전쟁 당시 학도병으로 참전했다. 경상북도의 한 작은 마을이었다는 할아버지의 고향을 북한과 남한이 번갈아 점령하면서, 군에 갈 법한 남자들은 모두 인민군과 국군으로 차례차례

남김없이 차출되었던 탓이다. 그래서 나중엔 할아버지와 같은 10대 학생들마저 전쟁에 동원되었던 것이다.

할아버지는 군에 징집되고 단 2주의 훈련을 받았다고 한다. 전장에 투입되기 위한 준비는 그게 다였다. 할아버지의 나이 열여덟 살의 일이었다.

할아버지는 전투에서 청력을 잃고 두 무릎이 부서졌다. 할아버지 허리에는 쇳조각을 제거한 흔적이 여러 군데 있다. 하얀 물감을 뿌려놓은 것 같았다. 반백 년이 넘는 세월이 지났지만, 할아버지 몸에는 당시의 공포가 고스란히 남아 있었다. 그때를 떠올릴 때면 할아버지는 고개를 절레절레 흔든다. 전쟁을 끝없이 소환하는 할아버지의 치매는 악몽 같은 기억을 끝없이 반복하게 하는 도돌이표였다.

전쟁이 끝났음을 확인한 후에야 할아버지는 침대에서 몸을 일으킬 준비를 했다. 네발 지팡이 위에 걸려 있던 참전용사 모자를 집어 쓰고, 반질반질 손때 묻은 손잡이를 짚고 일어섰다. 인공관절을 넣은 다리가 요즘 들어 부쩍 말을 듣지 않았다. 할아버지의 앙상한 다리를 보조하는 네발 지팡이가 부들부들 떨렸다.

나는 할아버지를 조심히 식당으로 모셨다. 할아버지는 매일 아침 6월 25일이 무사히 지나갔음을 확인하고서야 식사를 시작했다.

할아버지의 달력이 언제나 6월에 멈춰 있는 이유다. 할아버지의 오늘은 항상 6월 26일이었다. 다행히 전쟁이 끝나서일까, 힘겹게 걸음을 옮기는 할아버지의 눈가 주름이 동그랗게 말렸다. 돋보기안경 속에서 주먹만 한 눈동자가 배시시 웃는 것 같았다.

"할아버지, 정말 그렇게 총을 잘 쏘셨어요?"

늘 '백발백중'을 입에 달고 다니시기에 식판을 놓아드리며 슬쩍 여쭤봤다. 보청기를 착용했으니 내 말이 분명히 들렸을 텐데 동문서답이 돌아왔다.

"칡밥이 먹고 싶네."

"칡밥이요? 칡을 넣어 만든 밥인가요?"

나는 무밥이나 콩나물밥처럼 쌀 위에 잘게 자른 칡을 올려 밥을 짓는 것인가 했더니 그건 아니었다. 할아버지 말에 의하면 칡밥이란, 제법 높은 산에 가야만 볼 수 있는 '장정 허벅지'만 한 칡을 온종일 죽을힘을 다해서 파낸 후에 그것을 두들기고 찧고 또 찧으면 보슬보슬한 하얀 속살이 남는데, 쌀이나 보리 한 톨 섞지 않고 오직 거무튀튀한 칡이 내어준 흰 속살로만 짓는 밥이라는 것이다. 지금 같으면 이색 보양식으로 무척 비싼 값에 팔릴 것 같았다. 그 당시에는 먹을 것이 없어서 그리 먹었다니 사실 어떤 맛일지 짐작은 안 되지만, 할아버지의 기억 안에서는 한없이 그리운 고향 음식인 것은 분명해 보였다.

이제는 구하기 어려운 칡밥 이야기만 하다가 할아버지는 금세 수저를 내려놓았다. 나는 할아버지에게 영양식 캔 음료를 내밀었다. 손사래를 치며 먹지 않겠노라 선언하는 할아버지에게 몇 번 더 영양식 캔을 권했다. 그러자 할아버지는 지팡이를 가슴까지 올리고 총을 겨누는 자세를 취했다. 정말로 드시지 않겠다는 뜻이었다. 그런데 암만 봐도 백발백중이라던 할아버지의 총구가 내 쪽을 한참 벗어나 있었다.

"에이 할아버지, 그렇게 겨누시면 제가 맞기나 하겠어요? 백발백중이라 하시더니 순 엉터리네요."

할아버지의 주름살이 둥그렇게 웃었다.

"다 같은 조선 사람끼리 총을 제대로 쏘면 죽을 텐데 어떻게 맞히나? 사람 없는 땅에다 쏘는 거지. 백발백중으로 땅에다가."

나는 말문이 턱 막혔다. 할아버지의 백발백중은 사람을 죽이는 것이 아니라 사람을 살리기 위한 백발백중이었던 것이다. 시력이 나빠지신 탓이라고만 생각했는데 할아버지의 지팡이 총구가 내게서 한참 멀었던 것은 할아버지만의 비밀스러운 사격 방법이었다. 열여덟에 단 2주의 군사 훈련으로 명사수가 된 비밀이 그것이었다. 한 손으로 복도에 설치된 안전 봉을 잡고 한 손엔 네발 지팡이를 의지

한 채 방으로 돌아가는 할아버지의 흔들거리는 뒷모습이 어쩐지 큰 소나무처럼 느껴졌다.

할아버지는 오늘도 요양원 이곳저곳에서 사격 중인데 누구도 다치거나 죽지 않는다. 할아버지는 백발백중 명사수니까.

선물 같은
이별

일 년을 조금 넘기는 동안 일곱 명의 치매 노인들이 돌아가셨다. 돌아가셨다는 말처럼, 어르신들이 삶의 방랑을 끝내고 왔던 곳으로 돌아간 것이면 좋겠다. 하지만 나는 우리 영혼이 어디로 돌아가는지 확신할 수는 없다. 그나마 내가 확실히 알고 있는 사실은 반짝이던 눈동자가 빛을 잃는 것, 코에 숨결이 느껴지지 않는 것이 죽음이라는 것이다. 그리고 죽음은 매번 낯설다는 것이다.

　삶이 끝나는 죽음의 모습은 비슷해 보이지만 모든 사람들은 각자의 죽음을 맞고 각각의 이별을 남긴다. 이번 일 년간 떠난 일곱 분 역시 각자의 죽음을 맞고 각각의 이별을 남겼는데, 유독 내게 잊히지 않는 선물 같은 이별이 있었다.

아침저녁으로 가을 냄새가 스며들었고 한낮에는 다시 여름이 기세등등 고개를 들고 있었다. 밀물과 썰물처럼 오고 가는 계절의 줄다리기가 팽팽했다. 9월의 첫날이었고 새로운 요양원으로 직장을 옮긴 후, 나의 첫 출근날이었다.

입구 현관문에 전자 도어락이 설치되어 있었다. 스핑크스의 질문처럼 이곳을 통과하기 위해서는 답을 내놓아야 한다. 나는 미리 안내받은 대로 천천히 비밀번호 네 자리를 눌렀다.

1, 0, 0, 4.

어떤 사람들을 만나게 될지 작은 긴장감을 느끼며 두꺼운 유리문을 밀고 들어섰다. 복도에 늘어선 방마다 서너 명의 노인들이 각각의 침대에 앉거나 누워 있었다. 나는 한 분 한 분 손을 잡고 첫인사를 드렸다.

그러던 중 텔레비전을 보며 쉬는 공용 휴게실에 다다랐을 때였다. 한 노인의 모습에 나도 모르게 걸음을 멈췄다. 소파에 앉아 텔레비전을 보고 있는 다른 노인들과는 반대로, 그는 텔레비전이 놓인 벽에 등을 기댄 채 앉아 있었다. 정확히 무엇을 보고 있는지는 몰라도 소파에 앉아 있는 다른 노인들 쪽을 향해 고개를 두고 있었다.

그는 초등학생 정도의 작은 체구였는데, 두 무릎이 가슴에 닿을 정도로 다리를 잔뜩 구부리고 있어서 더욱 자그맣게 느껴졌다. 양쪽 옆구리엔 갈색 털의 곰 인형과 코가 사라진 강아지 인형을 각각 끼우고 있었다. 노인은 내가 다가가자 자동차 대시보드에 붙어 고개를 출렁이는 인형처럼 내가 움직이는 방향을 따라 머리를 움직였다.

대화는 어렵지만 "아!" "아?" 같은 소리로 자신의 의사를 표현할 수는 있다고 했다. 혼자서는 움직일 수 없어 기저귀를 착용해야 했는데, 굳어진 다리가 펴지지 않아서 기저귀 교체할 때 보통 힘든 게 아니라고 한 요양보호사가 덧붙였다. 기저귀뿐일까, 곰 인형과 강아지 인형에 의지해 간신히 앉아 있는 것조차도 노인에게는 무척 힘겨워 보였다.

"그럼 이분은 이 자세로 얼마나 계시는 건가요?"

50대 중반의 여자 요양보호사가 대답했다.

"혼자 똑바로 앉지를 못하세요. 이렇게 앉아 계시다가 식사하실 때만 휠체어에 태워드려요. 조금만 중심을 잃어도 옆으로 쓰러지니 소파에 앉혀드리기도 힘들어요. 자칫 앞으로 쓰러졌다간 정말 큰일이거든요. 할 수 없어요. 벽에 이렇게 기댄 채 앉혀드리는 수밖에요."

나는 그의 앞에 쪼그리고 앉아 두 눈을 맞추고 한동안 노인을 살펴봤다. 처음엔 이리저리 움직이던 노인의 눈동자가 멈추더니 나를 바라보기 시작했다. 그의 까만 눈동자가 무언가를 말하고 있다고 나는 생각했다. 노인의 입꼬리가 살짝 올라가는 것처럼 보였다.

나는 며칠 동안 그를 관찰했다. 그는 말은 거의 할 수 없었지만 청각 기능은 문제가 없는 듯했다. 치매 진행도 초기 상태였다. 오며 가며 말을 붙이고 반응을 살펴보니, 내가 건네는 말을 대부분 이해한다는 것과 "아"라는 대답 소리도 상황에 따라 조금씩 억양과 톤을 달리한다는 것을 알 수 있었다.

나는 우선 노인의 자리부터 옮겨드리고 싶었다. 몸을 더 확실히 지탱할 수 있도록 지지 도구와 자세를 좀 바꾸면 소파에서도 충분히 지낼 수 있을 것 같았다. 나는 노인을 들어 안아 소파로 옮기고, 중심을 잃고 쓰러지지 않도록 안전장치를 보강했다. 옆이나 앞으로 고꾸라지지 않는지 여러 차례 확인한 뒤 드디어 노인의 자리가 소파 한 곳에 마련되었다. 이제는 홀로 벽에 기대 우두커니 앉아 있지 않고, 다른 사람들과 나란히 푹신한 소파에 앉아 텔레비전을 볼 수 있게 되었다.

다음으로는 의사 표현을 도와보기로 했다. 짧은 한 마디 소리 정도만 낼 수 있었지만, 간단한 의사를 전달하기에는 그것으로도 충분했다. 특히 할아버지가 용변을 본 뒤 그 사실을 제때 알려주기만 해도 기저귀를 빨리 교체할 수 있으니 좋을 것 같았다. 나는 할아버지에게 한 가지 제안을 했다.

"어르신!"

"아!"

"소변보시면 제게 알려주실 수 있어요? 축축하게 계시면 좋지 않으니까요."

"아~"

"그럼 만약 용변을 보시게 되면 이렇게 손을 들어주세요. 그러실 수 있을까요?"

나는 한 손을 쭉 펴서 노인을 향해 손바닥을 보이고 살짝 흔들었다. 작고 마른 노인의 손도 따라 올라왔다. 팔을 쭉 펴지는 못하고 손만 들어 올리는 시늉 정도였지만 가능성이 보였다. 다른 직원들은 괜한 일거리를 만든다며 투덜거리기도 했는데, 과연 일이 어찌 될지 궁금하기도 한 표정들이었다.

할아버지의 손은 곧잘 올라왔다. 그 덕에 내 일이 좀 바빠지긴 했지만, 그를 위해서 좋은 일이라 생각하니 그리 힘들지는 않았다. 다만 한 가지 문제가 있긴 했다. 그건 내가 출근하지 않는 날에는 할아버지의 손이 들리지 않는다는 것이었다. 다른 사람에게 손을 들면 아무 일도 일어나지 않는다는 것을 알아챈 것이다. 그래서 용변을 볼 때마다 손을 드는 수신호는 오직 우리 둘만의 약속으로 이어졌다. 그렇게 몇 달이 빠르게 지나갔다.

여러 행사가 겹쳐서 아침부터 분주한 날이었다. 그날따라 면회객이 끊이지 않았고, 음악 연주 봉사를 하러 온 사람들이 한 시간가량 늦게 도착하는 바람에 정신없이 어수선한 상황이었다. 당장 처리해야 할 일들이 자꾸만 생겨 이리저리 잰걸음으로 움직이고 있었는데, 그때마다 할아버지가 내 모습을 눈으로 좇는 것이 느껴졌다.

"아, 아!"

나는 할아버지의 작은 손이 움직이는 것을 보았다. 그렇지만 할아버지를 향해 손바닥을 들어 보이기만 했을 뿐 선뜻 다가가지 못했다. 지금 바로 해야 하는 일, 더 먼저 끝내놓아야 하는 일, 기저귀를 가는 일보다 더 급하다면 급할 수 있는 일들이 자꾸만 앞에 끼어들었다.

"아! 아?"

할아버지가 다시 나를 향해 손을 들었다. 나는 그때 분명 할아버지와 눈이 마주쳤다. 그렇지만 슬쩍 못 본 척 등을 돌려버렸다. 너무 바쁜 날이었고, 그래서 어쩔 수 없었음을 충분히 설명할 수 있을 거라고 생각했다.

그러나 그날 이후로 그의 손은 다시는 들리지 않았다.

나는 할아버지에게 사과를 드려야 했다. 바쁘다는 핑계로 할아버지가 부르는 소리를 듣고도 못 들은 척해서 죄송하다고 말씀드렸다.

"아아~"

"괜찮다고요?"

"아~"

"용서해주시는 거예요?"

"아~"

한 번의 회담으로 우리 두 사람은 화해했다. 우리는 20대 국회와는, 한일 양국과는 달랐다……고 생각했는데 잘못된 판단이었다. 화해 이후에도 할아버지는 두 번 다시 손을 들지 않았다. 몇 번을 말씀드려도 그는 태도를 바꾸지 않았다. 애면글면하는 나를 본 몇몇 동료들이 내 어깨를 두드렸다.

"아마 선생님 힘들게 하지 않으려고 저러시는 것 같아요. 속은 말짱한 분이시니……."

나는 할아버지를 설득하려고 노력했다.

"어르신, 저 때문에 이러시는 거라면 그럴 필요 없으세요. 어르신을 돕기 위해 제가 있는 거랍니다."

"……."

"어르신?"

"……."

"이제 저하고 말씀도 안 하시려고요?"

"아!!"

"그건 아니시고……. 괜히 그러실 건 없는데, 그러시면 알려주시지 않아도 제가 자주 봐드릴 거예요. 아셨죠?"

"아~"

그는 여전히 내게 호의적이었지만 내 호소는 소용없었다. 나는 다시는 할아버지의 손을 들어 올릴 수 없었다.

40도가 넘는 열이 며칠이나 계속되었다. 그의 이마에서 아지랑이가 이는 것 같았다. 할아버지의 작은 몸이 더 쪼그라드는 느낌이었다. 할아버지는 사나흘 전부터 음식을 삼키지 못했다. 노인들이 식사를 못 하게 되면 건강이 급격하게 나빠지는 것을 나는 자주 보아온 터였다.

멀리서 다가오는 구급차 불빛이 급하게 창문 안으로 쏟아졌다. 풀벌레 소리가 일시에 멈췄다. 나는 밤의 한기에 푸르르 몸을 떨었다.

"어르신! 조금 있으면 여기 정원에 온갖 꽃이 핀다고 해요. 빨리 나으셔서 돌아오셔야 해요."

낡은 문고리 같은 어르신의 손을 꼭 잡았다.

"고…… 마…… 워."

구급대원 사이에서 어르신의 목소리가 들려왔다. 썰물 같은 목소리였다. 동료들은 그럴 리가 없다며 고개를 흔들었다. 모두 내가 잘못 들은 것이라 여겼다. 하지만 나는 분명히 노인의 목소리를 들었다. 나는 다른 사람이 듣지 못하는 소리를 잘 듣는 편이다. 소리를 귀로만 들을 필요는 없었다. 노인들은 목소리뿐만 아니라 몸의 여러 부위를 이용해서 말을 한다는 것을 나는 알고 있었다. 눈빛이나 표정, 심지어 노인들은 말하지 않음으로써 말할 수도 있었다. 마음의 소리는 어떻게든 들리는 법이다. 들으려고만 한다면 말이다.

몇 개월이 지나 병원에서 연락이 왔다. 할아버지께서 돌아가셨다는 내용이었다. 이제 더는 고생하지 않으시겠구나, 굽은 다리 편하게 펴고 똑바로 누우실 수 있겠어, 어쩌면 할아버지께는 잘된 일일지 몰라, 생각하려 했지만 이별은 늘 착잡했다. 처음 만나던 날, 텔레비전 아래에서 곰 인형과 강아지 인형을 끼고 쪼그려 앉아 있던 할아버지의 모습이 자꾸 떠올랐다. 아직 아침이 오지 않았고 어둠 속에서 벌레 먹은 싸라기눈이 내리고 있었다.

할아버지가 떠난 지 일 년이 넘었다. 어쩌면 그분과 함께 거닐었을 산책로를 혼자서 걸었다. 잔디밭 한구석에 작은 노랑꽃이 바닥에 배를 깔고 쪼그려 앉아 있었다. 한참을 그 앞에 앉아 눈을 맞췄다. 찬 바람에도 마른 땅에 돋아났던 이름 모를 풀은 용케 꽃을 피웠다. 할아버지와는 이별했지만, 영영 내 곁을 떠난 것 같지는 않았다. 내 마음속에서 그는 계속해서 살아갈 것이었다.

겨울을 준비하는 나무들은 잎사귀를 떨어뜨리고 제 몸에 물을 말리고 있다. 이제 겨울이 올 것이다. 그리고 다시 봄이 그 뒤를 따르겠지. 키 작은 들꽃도 함께 말이다. 그렇게 우리도 들꽃처럼, 누가 봐주지 않아도 꽃을 피울 것이다. 누군가 찬찬히 바라보아 주기를 기다리며.

모든 것이 무너졌다고 생각될 때
희망은 시작된다

한 달에 일곱 번의 밤 근무가 있다. 요양원의 밤은 낮과 다르다. 낮이 잃어버린 기억을 찾기 위한 혼란스러운 시간이라면, 밤은 뒤죽박죽이 된 어지러운 기억을 달래는 위로의 시간이다. 이따금 잠을 이루지 못하고 배회하거나 혼잣말을 하는 어르신들도 있지만, 대부분의 노인들은 밤 9시면 깊은 잠에 빠진다. 요양원의 밤은 고요의 시간, 깨어 있음에 고독한 시간, 어쩌면 노인들의 낡은 필름이 아무도 몰래 덜그럭거리며 재생되는 시간이다.

나는 CCTV 앞에 자리를 잡고 앉는다. 노인들이 잠들었다고 해서 긴장을 풀 수는 없다. 치매 노인들은 잠결에도 어떤 돌발 행동을 할지 모르기 때문이다. 거동이 어려운데도 갑자기 일어나 침대에서 내려오려고 하거나, 잠시 한눈을 판 사이 부들거리는 다리로 혼자 화장실에 가려고 하기도 한다. 혼자서 할 수 없는 몸이지만 혼자서 할 수 있다고 생각한다는 점이 종종 문제를 일으킨다. 흔히 치매 환자의 행동을 두고 '벽에 똥칠한다'라고 비하하는 경우가 있다. 요양원에서는 흔히 볼 수 있는 모습인데 그 이유는 간단하다. 기저귀를 착용한 상태에서 자신이 그걸 치워보겠다고 손으로 만지는 것이다. 대변을 보고 스스로 뒤처리를 하겠다는 본능은 있는데 몸은 이미 자신의 의도대로 움직이지 않는 것이다. 밤 근무를 할 때 CCTV를 살펴보는 일에 많은 시간을 할애하는 이유다.

모니터의 화면은 아홉 개의 구역으로 나뉘어 있다. 화면 한 구역마다 세 명에서 네 명의 노인이 잠든 모습이 보인다. 지내온 환경이나 현재의 상태, 삶의 결이 전혀 다른 이들이 비슷한 모습으로 한 치의 오차도 없이 똑같은 면적 위에 그려진다. 건물을 몇 채 가졌다는 부유한 할아버지, 한평생 땅을 일구던 농부, 장성급 군인, 학교 교사, 심지어 치매 환자를 돌보던 의사까지, 과거에 어떤 일을 했든 어떤 사람이든 관계없이 지금은 모두 같은 공간에서 같은 식사와 간식을 먹고, 같은 면적 위에서 잠을 청한다. 그렇게 생각하면 인생의 마지막은 그다지 희망적이지 않아 보인다.

그러나 한 분 한 분 살아온 삶의 이야기를 꺼내어 펼쳐보면, 그들은 모두 지금 이 순간에도 각기 다른 삶의 한 장면에 서 있음을 알 수 있다. 그들이 전하는 이야기는 꼭 앞뒤가 맞지도 않고, 논리적이거나 상식적이지 않을 때도 있지만, 나는 그 짧은 이야기 속에서 매번 강렬한 울림을 느꼈다. 그저 살아온 삶은 없었다. 나는 한 사람의 이야기가 꾸밈없이 차근하게 전해질 때 가치 있는 이야기로 남을 것을 믿는다. 나의 삶도 그렇고, 당신의 이야기도 그럴 것이다. 의미 없는 삶은 없다.

어쩌면 이러한 제각각의 삶이 나를 이곳, 요양원으로 부른 것 같기도 하다. 사람들은 요양원이라고 하면 침묵과 혼란과 슬픔만 있을 것으로 생각한다. 혹은 죽음도. 물론 없는 것은 아니다. 하지만 이곳 요양원에도 웃음이, 일상의 대화가, 서로를 위하는 배려가, 그리고 희망이 있다.

이곳에 100세를 넘긴 어르신이 두 분 계신다. 그중 조금 어린 102세 할머니는 아직 미혼이다. 할머니는 초등학생, 그것도 반에서 제일 앞에 앉은 아이처럼 체구가 매우 작았는데, 그 몸으로 2만 평 규모의 과수원을 홀로 운영해왔을 만큼 다부진 분이다.

1910년대에 8남매 중 둘째 딸로 태어난 할머니는 학교는 언감생심 꿈도 꿀 수 없었고, 집안일을 하며 동생들을 돌보다가 열여섯 살에 동네 이장님의 소개로 부잣집에 식모로 들어가게 되었다고 한다. 아이가 없는 노부부가 살고 있는 집이었는데, 그곳에서 할머니는 악착같이 일하며 번 돈 대부분을 가족들에게로 보냈다. 그 집에는 그녀 외에도 일하는 사람들이 서너 명 더 있었는데 그들은 집주인의 눈을 피해 요령을 피우기 일쑤였다. 하지만 할머니는 누가 시키지 않아도 집 안 구석구석 청소며 잡일을 마다하지 않았고, 결국 할머니의 부지런한 성품이 노부부의 눈에 들었다. 할머니를 유심히 지켜보던 노부부는 이 소녀를 양녀로 입양했다. 할머니의 인생이 바뀌는 순간이었다.

할머니는 양부모님의 지원 아래 공부를 시작했고, 마침내 농업고등학교를 졸업할 수 있었다. 양부모님의 과수원을 물려받기 위해서였다. 이후 할머니의 과수원은 금세 품질 좋은 열매를 생산하는 곳으로 소문이 났다. 처음엔 복숭아 하나로 시작했지만 해를 거듭하며 포도, 사과로 재배 종류를 늘렸고, 급기야 2만 평 규모에 이르게 되었다.

뭘 해도 똑소리 나게 일하던 할머니는 1979년, 봄기운이 완연하던 날에 마을 사람들로부터 새로운 소식을 접하게 되었다. 농약을 쓰면 과일 품질도 훨씬 좋아지고 소득도 크게 늘어날 거라는 거였다. 그 전까지 농약을 사용하지 않았던 할머니는 귀가 솔깃했다. 할머니는 서둘러 농약을 구매했다. '그라목손'이라는 농약이었다. 할머니가 구입한 1970년대만 해도 제초제로 널리 사용되었지만, 현재는 판매가 전면 금지된 약품이다.

이른 아침 농약 통을 어깨에 메고 농약을 뿌리는 할머니의 마음이 떨렸다. 이때까지 농약을 써본 적이 없기에 사용법도 제대로 알지 못했다. 독성이 매우 강해 반드시 용량대로 희석해서 사용해야 한다는 것도 몰랐다. 그저 가지가 휘어지도록 달릴 복숭아, 포도, 사과만을 생각하고 뿌렸다. 별다른 보호 장비를 해야 한다는 것도 물론 몰랐다. 이 일로 할머니는 두 눈을 잃었다. 할머니의 나이 60대 초반이었다.

며칠 전 할머니의 102세 생신날이었다.

"어르신, 이제 100세를 넘겨 102세가 되셨으니 이대로 쭉 110세까지 갑시다요!"

나는 진심을 담아 할머니의 생신을 축하드렸다. 보이지 않는 눈을 늘 감고 계시는 할머니였다. 할머니의 흔적만 남은 눈썹이 위로 솟구쳤다. 할머니는 두 눈을 동그랗게 뜨고 잔뜩 화가 난 표정을 지었다.

"조용히 해! 누가 100세야. 왜 남의 나이를 막 늘리고 그래!"

잊었다. 여인의, 그것도 처녀의 나이를 함부로 발설해선 안 된다는 것을.

가끔 기억이 오락가락하는 어르신이 있다. 어떤 날은 맑은 기억으로 먼저 내게 알은체를 해서 나를 놀래키기도 했고, 어떤 날은 반갑게 인사를 드리면 "누구냐, 넌?" 하고 되물어 나를 당황하게 한다. 그분께 가끔 농담을 건넬 때가 있다. 어르신을 놀리거나 장난을 치려는 의도가 아니다. 이따금씩 작은 자극을 주어 어르신의 기억력을 조금이라도 유지시켜보려는 나름의 방법이다.

나는 어깨를 들썩거리며 어르신에게 다가간다. 두 손바닥을 마주치며 호들갑스럽게 말한다.

"아이고, 어르신! 이게 얼마 만이에요? 한 석 달 만인가요? 정말 오랜만에 뵙네요." (우리는 전날에도 이야기를 나눴다.)

할머니는 고개를 들고 눈을 다섯 번쯤 끔뻑거린다. 그러고는 아래위로 나를 훑어보신다.

"어제 봤잖아, 이놈아! 누굴 바보로 아나."

나보다 두 배 더 세상을 살았다는 것은 두 배 넘는 경험치가 작은 몸 어딘가에 쌓여 있다는 것이다. 어르신을 너무 과소평가했다.

치매 노인분들을 대할 때 꼭 필요한 것이 있다. 바로 그들의 현재 모습을 인정해드리는 거다. 치매라는 병으로 인해 달라진 낯선 성격, 근력이 떨어져서 어쩔 수 없는 느린 행동, 일제강점기나 전쟁, 혹독한 가난을 온몸으로 통과하며 생긴 고집과 같은 것들. 나 또한 차차 늙어갈 것이며 언제든 치매에 걸릴 수 있다는 인정이 그분들을 이해하는 데 도움이 될 것이다.

요양원에도 일상이 있다. 바깥세상과 다르지 않다. 조금 느리고 조금 단순할 뿐이다. 거창한 희망과 열정으로 바쁘게 살아가는 사람이든, 자세히 보아야만 보일 정도로 작은 희망을 품고 살아가는 사람이든, 결국 모두 오늘을 살아간다. 건강하면 건강한 대로, 아프면 아픈 대로 같은 하루를 살아간다. 이곳에서 지내다 보면 알게 된다. 지나버린 어제나 아직 오지 않은 내일보다 오늘이 가장 중요하다는 것. 그리고 오늘이라는 희망은 모든 이에게 가장 공평하게 주어지는 희망이라는 것을.

요양원에도 오늘이라는 희망이 있다. 요양원의 밤이 아침을 기다린다.

내 직업은
'저런 일'입니다

요양보호사인 내게 사람들은 말한다.

"참 좋은 일 하시네요."

요양원에 입소한 어머니를 면회 온 여자가 웃으며 인사했다. 그러고는 돌아가는 길에 함께 데리고 왔던 딸에게 이렇게 말했다.

"너 공부 안 하면 저런 일 해야 한다."

저런 일이란 어떤 일을 말하는 것일까? 나는 아주 잘 알고 있다.

요양보호사는 치매 환자가 일상생활에서 인간 존엄성을 유지할 수 있도록 돕는 일을 한다. 다시 말해 먹는 일, 자는 일, 씻는 일, 입는 일, 배설하는 일 등 인간적인 삶을 이루어나가는 데 반드시 필요한 모든 일들을 조력한다. 그 밖에도 다양하다. 환자의 하루를 기록으로 남겨 필요시 적절한 의료 처치를 받을 수 있도록 의료진에게 정보를 제공한다. 치매 노인들과 가장 가까이에 있는 정서적 지지자로서 그분들의 친구가 되어준다. 그리고 그분들의 남아 있는 기능을 유지하는 데 필요한 프로그램 진행을 돕는다. 색칠 공부, 화초 키우기, 붓글씨 쓰기 등이 이에 해당한다. 이것들이 대표적인 요양보호사의 일들이다.

앞에서 그 여성분이 말한 '저런 일'은 대소변을 치우는 일이나 괴팍하고 느리고 냄새나는 노인을 상대하는 우리의 일이 쉽지 않음을 뜻하는 것이리라. 그렇더라도 나는 그런 말에 마음을 다치지는 않는다. '저런 일'이 바로 내가 해야 하는 일이거니와 치매 환자에게 '저런 일'은 꼭 필요한 중차대한 일이기 때문이다. 배설을 원활하게 하는 일은 건강과 생명 유지에 있어 무엇보다 중요하다. 특히 수분 섭취를 잘 하지 않는 노인은 더욱 그렇다. 수천 년 전, 어느 구도자의 말처럼 뒤로 나오는 것보다 입으로 나오는 것이 더 더러운 것이 아니겠는가.

내가 요양보호사가 된 것은 2013년이었다. 그 무렵 노숙인 시설에서 나온 후에 죽음보다는 삶 쪽에 시선을 두었지만, 생활은 크게 달라지지 않았다. 몇천만 원의 빚이 남아 있었고, 마음은 여전히 흔들렸고 사람들이 싫었다. 나는 경기도 양평의 작은 산골로 도망쳤다. 아무도 나를 모르는 곳에서 삶을 연명하든 끊든 결말을 내고 싶었다.

야영장으로 운영되고 있던 작은 폐교에서 야영객들을 대상으로 하는 장사를 도우며 지냈다. 토종닭도 삶고 민물고기도 잡고 허드렛일도 했다. 쓰면 써지는 게 글인 것처럼 살면 살아지는 게 삶이었다. 특별히 바쁜 일상은 아니었다. 야영객이 적은 봄이나 겨울철에는 '산불 조심'이라는 완장을 어깨에 걸고 산불감시원으로 일했다. 처음 산골 마을에 왔을 때의 팍팍한 마음이 조금씩 누그러져갔다. 하지만 동네 사람들과 어울리지는 않았다. 나는 여전히 사람이 싫었다. 하긴 마을에 젊은 사람이라고는 나뿐이어서 주민들과 어울리기도 어려웠다. 자연스럽게, 의도한 대로 다시 혼자가 되었다.

한 가지 문제가 있긴 했다. 산불감시원 일이 중단되는 여름이나 야영장에 손님이 없는 평일이면 너무 심심하다는 거였다. 메뚜기를 잡아서 주말에 야영객들에게 팔아보기도 했는데, 처음엔 재미있었지만 그것도 한때였다. 사람을 피해 사람 없는 곳을 찾아 이곳까지 왔던 터였다. 야영장에 텐트가 가득 차면 나는 사람들로부터 다시 도망치고 싶어졌다. 하지만 그들이 모두 돌아가고 평일이 되어 정작 혼자 남게 되면 사람들이 생각났다. 산골 마을에 온 지 일 년이 지나도록 나는 원망과 그리움 사이에서 흔들리고 있었다.

　　마을 한가운데에 교회가 있었다. 교회 건물은 벽면을 돌로 마감했는데 목사님이 홀로 공사를 했다고 한다. 건축 설계가 전공인 나는 처음엔 교회 건물의 형태에 호기심이 일었다. 그런데 보다 보니 이상한 점이 있었다. 마을 한가운데에 있는 교회인데도 정작 마을 사람들은 그 교회를 다니지 않았다. 사람들은 큰 고개를 두 개나 넘고도 차로 10분쯤은 더 가야 하는 읍내의 교회에 다닌다고 했다. 사람들 한가운데에 있지만 사람들이 별로 없는 곳, 어쩌면 그래서 나는 더 편하게 그 교회에 드나들 수 있었는지도 모르겠다.
　　가까이에서 본 교회는 차가운 느낌이 들었다. 온통 돌로 장식된 벽에서 무거운 짐을 가득 짊어진 사람의 인생이 느껴지는 듯했다. 교회는 3층 높이의 뾰족한 첨탑 위에 십자가를 세워둔 예배당과 평범한 2층 건물로 나뉘어 있었다. 두 건물 사이에는 좁은 길이 나 있었고, '산책로'라고 쓰인 작은 팻말도 세워져 있었다. 교회 건물과 2층 건물의 입구에는 같은 이름이 붙은 나무 간판이 걸려 있었다.
　　'○○교회', '○○요양원'.
　　서너 명의 노인들이 느린 걸음으로 산책 중이었고, 몇몇은 휠체어에 앉아 먼 산을 바라보고 있었다. 교회는 조용했다. 오래된 수도 원의 공기가 흐르는 듯도 했다.

"동네 사람들이 요양원 노인들과 함께 예배드리는 걸 별로 안 좋아해요."

목사님이 설명해주었다. 충분히 이해가 되었다. 자신들의 미래를 눈앞에서 보여주는 노인들의 모습을 누가 보고 싶어 할까. 그것도 치매 노인들을.

요양원에 들러 청소나 빨래를 하는 시간이 늘어갔다. 봉사를 해보겠다는 그런 거창한 생각은 아니었다. 순전히 무료한 나를 위해서였다. 요양보호사란 직업에 대해 알게 된 것도 그 무렵이었다. 멍하니 허공을 바라보는 할머니, 같은 소리를 계속 반복하는 할아버지, 어떤 사람은 복도에 소변을 흘리며 걸어 다녔고, 어떤 사람은 그런 할머니 뒤를 따라 소변을 닦고 할머니를 씻겨주었다. 한 할머니는 누구인지도 모르는 나를 자신의 무릎에 누이고 멋들어지게 자장자장, 자장가를 불러주기도 했다.

요양원 원장을 겸하고 있던 목사님은 내가 어르신을 돌보는 데 소질이 많다며 요양보호사 일을 권했는데 나는 내 한 몸 건사하기도 귀찮다고 잘라 말했다. 그리고 요양원에 가는 일을 그만두었다. '사람을 뭘로 보는 거야' 하는 생각이 들었다. 이렇게 시골에서 닭이나 삶고 있으니 나를 우습게 본 것 같았다. 빚도 있고 당장 어려운 상황에 있긴 하지만 내가 저런 일을 할 사람은 아니라고 생각했다. 대소변이나 치우는 저런 일을.

며칠이 지나갔다. 도통 잠이 오지 않았다. 자꾸 할머니, 할아버지의 모습이 떠올랐다. 요양원에 가면서 근래 들어 내가 처음으로 웃었다는 것이 생각났다. 노인들의 자글자글한 주름을, 치아가 없어 홀쭉한 입을, 노인 특유의 냄새를 나는 싫어하지 않았다는 것도 느꼈다. 일주일을 넘기지 못하고 나는 다시 요양원에 갈 수밖에 없었다. 나는 노인들이 너무 보고 싶었다.

할머니 한 분이 목욕하고 싶다고 했다. 요양원에서는 날짜를 정해놓고 어르신 목욕을 해드리고 있었는데, 그날은 할머니가 목욕하는 요일이 아니었다. 바쁜 직원들 대신에 내가 어르신 목욕을 자청했다. 뼈만 앙상한 86세의 할머니였다. (할머니지만 남자 요양보호사가 목욕을 해드려야 할 때는 보호자와 당사자의 동의가 필요하다.) 목욕이 끝난 후 깨끗한 옷으로 갈아입은 할머니는 내 손을 꼭 잡고 고맙다는 인사를 건넸다.

다음 날 아침, 나는 할머니가 돌아가셨다는 소식을 들었다. 그분들과의 하루는 언제라도 마지막 만남이 될 수 있음을 나는 그때 알았다. 6개월 뒤 나는 요양보호사 자격시험을 치렀다.

치매 노인들의 마지막이, 설령 모든 기억을 잃었거나 몸을 움직이지 못하고 일상생활의 대부분을 다른 사람에게 도움받는다 해도 온전하게 존중받기를 바란다.

요양원은 죽음을 앞둔 치매 노인들이 삶을 연명하는 곳이 아니다. 도움이 필요한 어르신을 보살피고 치매 환자 가족의 책임을 사회적으로 함께 나누는 곳이다. 요양원이 치매 노인들과 가족들에게 기꺼운 쉼을 줄 수 있기를, 치매 노인들의 잊힌 기억을 찾아내고 그분들이 살아온 시간을 기록할 수 있기를, 한 사람의 지난 여정이 앞을 향해 걷는 누군가에게 위로가 되기를, 내가 그러한 일에 쓰임받기를 나는 꿈꾼다.

책상에 앉아 숫자로 환자를 가늠하는 현재의 정책이 계속되는 한, 치매 노인을 지역사회에서 흡수하기보다 사회로부터 격리하는 지금의 요양시설 양성 시스템이 계속되는 한, 요양원에서 노인의 존엄성을 온전하게 유지하기는 어렵다. 이 같은 현실에 나는 넘어지곤 하지만, 이런 상황에서도 웃음을 잃지 않는 어르신들을 보면 나는 다시 일어날 힘을 얻는다. 말을 잊었던 할머니가 몇 마디 말을 찾고, 숨이 꺼져가는 마지막 순간에 내미는 할아버지의 손은 주저앉은 나를 일어나 뛰게 하는 힘을 준다.

우리는 모두 늙어간다. 우리 또한 병듦을 피할 수 없고 보살핌을 받아야 할 때가 올 것이다. 누군가는 이 일을 계속해야 하는 이유다. 그것이 내가 일하는 까닭이다.

그저 살아온 삶은 없다. 한 사람 한 사람의 삶을 담아내는 일, 이보다 멋진 일이 어디 있을까. 때로는 무시받고 아무도 눈여겨보지 않는 일이지만, 우리 사회 곳곳에서 '저런 일'을 하는 모든 무명씨에게 감사의 인사를 전하고 싶다. (버릇없게 들릴 수도 있겠지만) 너무나 예쁜 어르신들이다. 그들과 함께하는 요양원의 하루는 언제나 다시 시작이다.

109년의
작전

"밥 먹지 않겠다."

109세 할머니가 단식 선언을 하셨다. 요양원에서 지내는 어르신 중 최고령이다. 할머니는 아침저녁으로 아카시아 꿀을 한 숟갈씩 드신다. 동네 마트에 가면 흔히 볼 수 있는 꿀이다. 꿀을 드신 후엔 잠자리에 들기 전 마른 수건으로 온몸을 닦는다. 할머니가 하루를 시작하고 마감하는 루틴이다. 한 번도 거른 적이 없다. 고령의 어르신 중에는 혼자 식사가 어려워 요양보호사가 옆에서 돕는 경우가 많은데 할머니는 식사 또한 스스로 하려고 노력하신다. 그러느라 식사 시간이 다른 사람보다 두 배는 걸리지만 끝내 혼자 식사를 마친다.

그런 할머니가 수저를 놓으셨다. 뭐가 마음에 들지 않는다는 신호다. 토라지면 일단 밥을 거부하신다. 마치 아이처럼.

할머니는 140센티미터가 안 되는 작은 체구에 동글동글한 얼굴이다. 할머니가 지내는 침대에는 온갖 잡동사니가 놓여 있다. 지난 달력들, 자질구레한 물건을 담는 작은 파란색 플라스틱 바구니, 바구니 안에는 빗과 거울, 로션, 이불 터는 용도로 쓰는 효자손 등이 들어 있다. 이상하게 연세가 드실수록 눈앞에 물건을 쌓아두는 분들이 많은데 할머니도 그랬다. 희미해지는 기억 대신 눈에 분명히 보이는 물건에 안도감을 느끼는 것일 수도 있겠다.

할머니는 치아가 하나도 없다. 그래서 발음이 정확하지가 않다. 말을 할 때면 도통 알아듣기 힘든 단어들을 쏟아내신다. 경험 있는 요양보호사들은 잘 알아듣지 못하면서도 대강 눈치로 할머니의 의도를 알아채는 편이다. 문제는 신입 직원이 열정을 가지고 일할 때다. 할머니는 풀숲에서 먹이를 기다리는 두꺼비처럼 몸을 동그랗게 말고 때를 기다린다. 복도를 지나는 발소리를 듣는다. 낯선 발걸음 소리가 들리면 그때를 놓치지 않고 할머니는 호출 벨을 누른다.

딩동! 딩동!

한걸음에 신입 직원이 달려왔다. 할머니는 원래도 알아듣기 힘든 말을 속사포처럼 쏟아낸다. 이쯤 되면 그 누구도 알아들을 수 없다. 신입 직원은 고개를 이쪽저쪽 돌려가며 양쪽 귀를 번갈아서 할머니 입 앞에 갖다 댄다. 왼쪽 귀로 못 알아들은 말을 오른쪽 귀라고 알아들을 수 있겠는가마는.

"네? 할머니, 뭐라고요?"

이번엔 두 손바닥으로 고깔을 만들어 귀에 붙인다. 할머니의 입과 직원의 귀를 잇는 직통 소리 관이 개설되었지만, 여전히 알아들을 수 없다. 신입 직원은 당황하기 시작한다. 아무리 다시 듣고, 또 들어봐도 도통 할머니의 말을 이해할 수 없는 그녀의 얼굴이 노랗게 뜬다. 드디어 할머니 입가에 미소가 번진다. 늘어진 눈두덩이가 눈을 거의 덮어 잘 보이지 않던 할머니의 눈동자가 반짝 빛났다. 작전이 시작된 것이다. 할머니의 기억 속 타임머신이 가동되었다. 이야기는 저 멀리 1940년대로 거슬러 올라간다.

"좋은 직장에 가서 돈을 벌게 해준댔는데, 다들 전쟁터로 끌려가는 거라고 말했어. 벌써 동네에서 서너 명이 잡혀갔지. 나한테 열네 살 먹은 딸이 있었는데, 내가 죽으면 죽었지 그 애를 거기 보낼 수야 있나. 장독 옆에 아주 이만한 항아리가 있었는데 딸애를 거기다 숨겼지. 들키면 같이 죽을라고 마음먹고."

할머니는 이야기를 듣고 있던 신입 직원의 표정을 살피며 잠시 뜸을 들였다. 직원은 이미 조마조마한 표정이 되어 이야기의 결말을 기다리고 있다. 두 손까지 가지런히 모으고서. 작전이 잘 먹혀들어 가고 있음을 확인한 할머니는 희미한 미소를 띠고 이야기를 이어간다.

"일본 순사가 허리춤에 긴 칼을 차고 새벽부터 어린 여자들을 찾으러 댕겼어. 집집마다 사는 꼴을 잘 아는 동네 사내놈 하나랑 같이 우리 집에 쳐들어온 거야. 벌써 몇 집 여자애들이 그놈들 손에 끌려간 걸 아니까, 가슴이 쿵쾅거리는 소리가 밖에까지 다 들리겠더라고. 우리 집에 누렁이가 한 마리 있었는데, 갑자기 그 썩을 놈이 누렁이 목줄을 풀데. 개가 딸애를 찾아갈 거라면서. 그런데 누렁이가 그자리에서 꿈적도 않는 거야. 그놈들이 씩씩거리면서 찾다 못 찾고 가버리고, 한참 있다 항아리에서 딸을 꺼내 둘이 부둥켜안고 우는데 그제야 누렁이가 우리한테 달려오더라고. 그담부터 나는 절대로 개는 안 먹어."

역사책에서나 나올 법한 이야기에 듣고 있던 신입 직원의 입에서 감탄사가 터진다. 그녀는 어째서 할머니의 말소리가 처음과 달리 귀에 쏙쏙 들어오는지 눈치채지 못한다. 신입 직원의 눈에 눈물까지 맺혔다.

이때가 할머니 작전의 클라이맥스다. 할머니는 아주 절절한 목소리로 속내를 털어놓는다.

"내가 109년을 살았네. 더 이상 무슨 여한이 있겠는가. 오늘 갈지 내일 갈지 모르는데 먹고 싶은 것도 못 먹고 살아서 무엇하겠는가. 여기서 세끼 밥은 준다지만 내가 진짜 먹고 싶은 것은 따로 있다네."

이쯤 되면 그녀는 할머니가 드시고 싶은 것이 무엇이건 간에 가져다드리겠고 다짐하게 된다. 할머니는 입맛을 한 번 다시며 그것을 털어놓는다. 할머니의 최애 식품 목록이 등장한다.

새우깡, 새우깡, 또 새우깡.

할머니는 복도를 힐끗 쳐다보고 목소리를 낮춘다. 검지손가락을 입에 붙인다.

"다른 사람한테 말하면 절대 안 돼. 꼭 너만 알고 있어야 한다. 새우깡 하나! 둘도 말고 딱 하나만 사 와."

이미 할머니의 작전에 빠진 신입 사원은 대단한 것도 아닌데 그냥 몰래 하나만 사드리자고 마음먹게 되는 것이다.

요양원에는 하루 두 번의 간식 시간이 있다. 유제품이나 부드러운 빵 종류가 주로 나오지만 원한다면 새우깡 정도는 원 없이 드시게 할 수 있다. 문제는 새우깡이 생기기만 하면 할머니는 식사를 중단하고 침대에 누운 채로 새우깡만 물고 계신다는 거였다. 치아가 하나도 없어서 주로 미음을 드시는데, 갑자기 배 속에 새우깡이 계속 들어가다 보면 설사를 하기 일쑤였다. 할머니의 건강을 위해 요양원 측에서 보호자에게 새우깡을 사 오지 말 것을 당부했고 요양보호사들에게도 할머니에게 새우깡을 일절 드리지 말 것을 주지시켜둔 터였다.

그런데 이번에 새로 입사한 직원이 할머니의 작전에 보기 좋게 걸려든 것이다. '둘도 말고 딱 하나만' 사달랬던 새우깡을 무려 다섯 봉지나 아무도 몰래 가져다드린 것이었다. 할머니의 작전은 완벽하게 성공했다. 할머니는 밤새 잠도 자지 않고 새우깡 네 봉지를 해치웠다. 결국 할머니는 날이 밝은 후 내내 설사에 시달려야 했다. 이 사실을 뒤늦게 안 우리는 어쩔 수 없이 나머지 한 봉지의 새우깡을 압수했다. 그 때문에 할머니는 특유의 알아듣지 못하는 말을 하며 "밥을 먹지 않겠다" 선언하신 것이었다.

"이놈들아! 너희들은 우리 쌀 빼앗아간 일본 놈들하고 똑같은 놈들이다!"

아무래도 할머니 속이 좀 나아지시면 새우깡을 가져다드려야겠다. 한 봉지를 한꺼번에 드시게 할 수는 없으니 반찬으로 몇 개씩이라도. 할머니의 원수는 되고 싶지 않으니까.

왜
안 죽어?

요양원에서는 어르신들의 아직 남아 있는 기능을 유지하거나 혹은
인지능력을 발전시키기 위한 목적으로 여러 가지 프로그램을 운영
한다. 구연동화 듣기, 생활 체조, 이런저런 봉사자들의 공연 관람, 색
종이 접기, 화초 키우기, 붓글씨 쓰기 등 치매 노인들에게 유용하다
싶은 활동들을 제공한다. 물론 이런 프로그램에 적극적으로 참여하
는 노인들도 있다. 그러나 안타깝게도 대부분의 치매 환자들은 아예
참여하지 못하거나 참여한다 해도 표정이 썩 밝지 않다.

  왜 그럴까? 그건 이들이 '치매 환자이기 때문'도 아니고, 이들이
'치매 환자라 아무것도 모르기 때문'도 아니다. 내가 분명히 말할 수
있는 한 가지는, 기억을 잃은 치매 환자라고 해서 감정까지 사라지

는 것은 아니라는 것이다.

붓글씨 프로그램에 참여했던 할머니가 시작한 지 얼마 지나지
않아 밖으로 나오셨다. '어? 아직 프로그램이 끝나지 않았는데' 하고
생각하는데 할머니의 목소리가 커졌다.

"왜 안 죽어! 왜!"

평소에 보청기를 사용하는 분인데 보청기를 사용한다고 해도
제대로 된 의사소통은 힘들었다. 소리가 잘 들리지 않으니 본인의
목소리 크기도 조절하기 어려워 지나치게 큰 소리로 말할 때가 많았
다. 할머니의 목소리는 복도에서 계속해서 커져만 갔다.

"왜 안 죽냐고, 왜! 보이지도 않는데 왜!"

물론 할머니가 정말 죽고 싶어서 이런 말을 하는 것은 아닐 것
이었다. 노인분들은 뭔가 불만이 있을 때 밥을 안 먹겠다고 하는 경
우가 종종 있는데, 이때 한두 번 식사를 권했다가 포기하고 냉큼 돌
아서면 그분들은 마음속으로 서운함을 느낀다. 거의 그렇다. 몇 번
더 권하거나 다른 직원이 식사하러 가자고 모시면 못 이기는 척 따
라나선다. 그러고는 깨끗하게 식사를 마친다.

죽고 싶다는 할머니의 말은 사실 '남들 다하는 붓글씨를 나도 하
고 싶은데, 못 한다는 소리는 듣고 싶지 않은데, 눈이 잘 보이지 않아

서 이렇게 중간에 나오게 됐지만 그래도 아무것도 안 하고 가만있는 모습은 보이기 싫다, 정말 속상하다'는 마음을 달리 표현한 것일 듯싶었다. 열심히 붓글씨를 쓰고 있는 다른 노인들을 뒤로하고 홀로 거실로 나온 할머니는 큰 소리로 "왜 안 죽어!"를 반복했다.

나는 가만히 할머니 옆으로 가 앉았다. 그리고 할머니의 보청기를 살폈다. 누군가 보청기를 켜지도 않고 귀에 걸어만 두었다. 보청기를 켠다.

"어르신!"

"응."

"속상하시죠?"

"속상해. 이젠 눈앞에 안개가 뿌예서 잘 보이지도 않아. 붓글씨도 쓸 수가 없어. 이런 지경인데 왜 안 죽는 거야?"

어떤 말을 해드려야 할까 생각했다. '그만큼 나이가 드셨잖아요. 다른 분들도 다 그렇게 늙어가요'라고 해야 할까? '어르신보다 훨씬 아픈 사람도 많아요. 그나마 어르신은 혼자 움직이실 수도 있잖아요'라고 해야 할까? '그런 말씀 하시면 자녀분들이 속상해해요. 그런 생각 말고 힘내세요'라고 해야 할까? 나는 아무 말 않고 가만히 할머니 옆을 지켰다.

할머니의 연세는 87세다. 우리가 보기엔 많은 나이이지만, 할머니가 생각하기엔 아직 정정해야 할 나이다. 아주 오래전, 할머니가 열아홉 살이던 해에 처음 만난 할머니의 남편은 무척 잘생겼었다고 한다. (할머니의 주장이다.) 중매로 만났지만 할머니는 첫눈에 반했다. 두 사람은 뜨겁게 사랑을 나눴고, 아들 하나와 딸 둘을 낳았다. 그런데 남편은 뭐가 그리 급했던지 젊은 아내를 두고 나이 서른에 먼저 이 세상을 떠났다. 남겨진 삶의 무게와 책임, 외로움은 오롯이 할머니가 짊어져야 했다. 다행히 남편은 떠나면서 작은 구멍가게 하나를 남겼는데, 그것이 할머니가 세 아이와 살아갈 수 있는 마지막 동아줄이었다.

"할머니, 멋들어진 남자 하나 다시 만나지 그랬어요? 왜 그리 오랜 세월을 혼자 사셨데요?"

나는 물으면서도 당연한 대답이 돌아올 것이라고 예상했다. 남편을 향한 일편단심이었거나, 아이들에게 떳떳한 엄마로 남고 싶었거나, 먹고살기에 바빴다거나 하는 대답 말이다.

할머니는 뜻밖의 대답을 했다.

"그러고 싶었는데, 다들 내가 남편 아닌 다른 사람은 만나지 않을 거라고 지레짐작들을 하더라고. 둘이 그렇게 사이가 좋았는데 다른 남자를 만나겠느냐고 말이야. 거기다 대고 내가 나서서 '아니야,

다른 사람 만나고 싶어' 말하기도 그렇고. 그렇게 세월만 흘러갔지."

마치 모든 걸 아는 것처럼, 혹은 '너를 위해'라는 말로 포장된 주위의 이해는 할머니의 50년을 외롭게 만들었다.

나는 괜히 너스레를 떨었다.

"아이, 그때 제가 있었으면 우리 할머니 시집보내는 건데요."

"그러게. 자네가 있었으면 나도 시집가서 이렇게 외롭지 않을 텐데."

우리는 서로를 보며 한참 웃었다. 하지만 할머니의 눈빛에선 여전히 쓸쓸함이 느껴졌다.

몇몇 노인들이 프로그램에 참여하기 위해 이동하는 모습을 거실에 남겨진 노인 몇이 힐끔거렸다. 덩그러니 남은 노인 중 한 할머니가 주위를 두리번거렸다. 하지만 어떤 요구를 하지는 않았다. 어색한 눈빛으로 이동하는 사람들을 쳐다볼 뿐이었다. 프로그램에 따라서 참여가 가능한 사람과 그렇지 못한 사람이 이렇게 분명히 갈리는 경우가 종종 있다.

복도 벽에는 노인들이 만든 붓글씨 작품과 종이꽃이 붙어 있다. 요양원에 방문하는 사람들은 그것들을 보며 치매 노인의 작품이라고 믿기 어려운 높은 수준에 놀라곤 한다. 요즘 요양원엔 치매 진단은 받았지만 일상생활이 얼마든지 가능한 분들이 아주 많다. 그런 분들을 생각하면 마음이 아프지만, 또 그 가족들을 생각하면 이해 못 할 바도 아니다.

그러나 그러는 동안 치매 노인들은 말 없는 강요를 받는다. 소외될 것을, 조금 멀리 떨어져줄 것을, 더는 병원 치료를 받지 말아줄 것을, 외로워질 것을, 더욱더 고독해질 것을, 그리고 조용히 죽어줄 것을…….

상대방의 의견은 묻지 않고 으레 그러려니 판단하는 독단적인 이해가 이들에게만은 유독 당연시된다. 기억을 잃었다고 감정까지 잃은 것이 아닌데, 할 수 있는 일이 줄어들었다고 하고 싶은 일이 줄어드는 것은 아닌데.

문득 바다가 보고 싶다.

당신 안에 있는
신에게 경배를

할아버지 한 분이 요양원에 입소했다. 아들 내외가 할아버지의 휠체어를 밀고 들어왔다. 한눈에도 작은 키에 왜소한 체격의 할아버지는 얼마 남지 않은 머리카락 때문에 이마가 무척 넓어 보였고 피부도 가무잡잡해서 역사책에서 보았던 인도의 민족운동가 간디를 연상시켰다.

나는 할아버지를 병실로 안내했다. 처음 요양원에 입소하면 어르신의 상태를 파악한다. 입소 서류에 이미 대강의 내용이 적혀 있지만, 실제 건강 상태는 서류와 다른 경우가 많기 때문이다.

"할아버지, 이쪽으로 걸어와 보실 수 있겠어요?"

할아버지는 벽에 손을 대고 겨우 일어섰는데 얼마 버티지 못하고 바닥에 주저앉았다.

"다리에 힘이 없어서 걸으실 수가 없어요."

옆에 있던 아들이 말했다.

나는 할아버지의 다리를 주무르며 몇 차례 굽혔다가 펴보았다. 걷지 못하는 다른 노인들과는 달리 관절의 경직이 없었다. 부드럽게 움직이는 할아버지의 다리를 보고 나는 고개를 갸웃했지만 아무 말도 하지 않았다.

그 후 며칠 동안 할아버지는 쉽게 잠을 자지 못했다. 바닥에 깐 요 위에서 무릎을 세우고 앉아 두 팔로 발목을 잡고는 무릎 사이에 머리를 묻은 채 밤을 지새웠다.

할아버지가 요양원에 입소한 지 사흘째 되던 날이었다. 방에서 고개 숙인 채 앉아 있는 할아버지에게 말을 건넸다. 틀에 박힌 질문이었다.

"아직 낯설어서 어색하시죠?"

"내 집이다 생각하세요."

"방에만 계시면 답답하실 텐데 밖에도 좀 나가보세요."

이런 말들이었다. 할아버지는 그제야 무릎 사이에서 고개를 들었다.

서류에는 92세로 적혀 있었지만, 할아버지의 실제 나이는 95세라고 했다. 아이들이 죽는 일이 흔하던 시절이었던지라, 할아버지 역시 태어나 금방 죽을까 봐 몇 년이 지나서야 호적에 올려졌다고 한다.

"혹시 원주에 있는 ○○요양병원이라고 아나?"

할아버지가 문득 물었다. ○○요양병원이라면 잘 알고 있었다. 마침 내가 사는 집과 가까운 곳이었다. 아는 곳이라고 대답했더니 할아버지는 반가워하며 그곳에서 노인들에게 몇 년간 봉사를 했었다며 말을 이었다.

"노인이 노인을 보살핀 거지, 허허."

그러면서 할아버지가 웃었는데 어쩐지 늦가을 같은 표정이었다.

할아버지는 2년 전에 무릎 수술을 하고 난 이후부터 연골 주사를 맞아왔는데 다 늙은 몸으로 치료받는 것이 부질없게 느껴졌다고 했다. 그래서 어느 날부터 스스로 걷지 않았다고 한다.

"사람이 대충 살았으면 적당한 때에 죽어야 하는데 난 너무 오래 살고 있어."

할아버지의 작은 얼굴이 더 쪼그라든 것처럼 보였다. 나는 밖에라도 나가자며 할아버지를 일으켰다. 벽 쪽에 세워둔 휠체어를 끌고

와 할아버지 앞에 놓았다. 할아버지는 바닥에 손을 짚고 일어서더니 휠체어를 놔두고 방문 앞까지 걸어갔다. 그러고는 뒤를 돌아보고 왜 따라오지 않느냐는 표정을 지었다. 나는 휠체어 손잡이를 잡은 채 잠시 멍하니 할아버지를 보다가 얼른 휠체어를 놓고 할아버지를 따라나섰다.

할아버지의 속사정을 모두 알 수는 없었다. 분명한 사실은 할아버지는 요양원에 들어올 때는 휠체어를 탄 채였는데, 불과 며칠이 지난 지금은 멀쩡한 두 발로 걷고 있다는 거였다. 이것을 기적이라 해야 할까.

요양등급을 받기 위해 아무것도 모르는 척하는 노인들을 본 적이 있다. 요양원에 입소하기 위해서는 장기요양등급 판정을 받아야 한다. 스스로 거동할 수 있거나 인지능력이 좋으면 당연히 등급이 나오지 않는다. 그렇게 되면 요양원에 입소할 수가 없다. 그래서 등급 심사를 받을 때, 공단에서 심사를 위해 방문한 직원이 뭘 물어도 모른다고 대답하거나 팔다리를 움직여보라고 하면 움직이지 못하는 척하는 경우가 간혹 있었다.

한 할머니는 "나는 딸이 없어"라는 말만 반복했다. 할머니는 요양원에 머무를 수 있는 등급 판정을 받았는데, 등급 판정 이후에도 할머니는 여전히 딸이 없다는 말을 계속했다. 그분에게는 엄연히 딸이 있다. 할머니는 기초생활수급 대상자였는데 딸이 있다고 하면 수급 대상자에서 탈락할까 봐, 혹은 딸에게 피해가 갈까 봐 그랬던 것이리라. 장기요양보험이 생기고 초창기의 일이었다. 현재는 그런 일이 가능하지 않다.

할아버지는 얼마든지 혼자 일상생활을 할 수 있는 분인데 왜 요양원에 들어왔을까? 왜 스스로 걷지 못하는 사람이 되었을까? 나는 궁금했다. 할아버지는 한동안 아무 말이 없었다. 그러다 조용히 말했다.

"미안해서……. 더는 짐이 되기 싫어서……."

뭐라고 대꾸를 해야 할지, 나는 할 말을 찾기 어려웠다.

걷지 못하던 자가 일어서서 걷는 기적을 보여준 할아버지는, 이제 자신의 기적을 다른 사람을 돕는 데 사용하기 시작했다. 식사 시간이 끝나면 할아버지는 다른 치매 노인들이 사용한 식판을 수거하거나 빨래 정리하는 일을 도와주었고, 다른 노인들과 대화를 나누고 직원들을 격려하기도 했다. 직원들이 바쁠 때는 혼자 식사를 못 하는 할아버지보다 어린 노인에게 밥을 먹여주기도 했는데, 밥알 하나 떨어뜨리지 않는 능숙한 솜씨를 보여주었다. 95세라는 연세를 고려

하면, 할아버지는 무척 건강한 상태였다.

할아버지의 가족들은 한 달에 두어 번씩 요양원을 찾았다. 할아버지는 이제 가족들을 만날 때에도 더 이상은 휠체어를 사용하지 않았다. 그리고 할아버지는 다시 연골 주사를 맞기 시작했다. 걸음이 조금씩 느려지고 있었지만, 할아버지는 무표정하게 방을 지키고만 있지 않았다.

얼마 뒤부터는 성경책도 읽기 시작했다. 밤늦게 기도하는 모습도 종종 볼 수 있었다. 나는 우연히 할아버지의 기도 소리를 들었는데, 할아버지의 마지막 바람은 딱 두 가지였다. 자녀들이 건강하고 행복하게 살게 해줄 것, 그리고 이제 자신은 살 만큼 살았으니 빨리 데려가 줄 것, 하나 더 바랄 수 있다면 고통 없이 죽음을 맞이하게 해달라는 것이었다.

나는 할아버지와 2년쯤 지내다가 직장을 옮겼다. 아직 그곳에 있는 동료들을 통해 간간이 할아버지의 소식을 듣곤 한다. 할아버지의 연세는 올해 98세인데 여전히 스스로 걸음을 옮기고 다른 노인들을 돕고 있다고 한다.

인도의 인사말인 '나마스테'는 '당신 안에 있는 신에게 존경을 표한다'는 뜻이라고 한다. 할아버지를 보고 인도와 간디를 떠올렸던 것은 어쩌면 그래서였을지 모르겠다. 만약 신이 인간 세상으로 내려와 가장 낮은 곳에서 가장 누추한 몸을 빌려 아무도 몰래 인간들을 돕고 있다면, 바로 할아버지가 그런 사람일 것이다.

할아버지에게 오랜만에 인사를 드리면 전해질까.

"나마스테!"

민주주의 국가에서
이럴 수는 없다

시간을 잃어버린 마을에 밤이 찾아오면, 뒤섞인 기억들은 돌아갈 곳을 찾지 못한 채 잠에 빠지고 요양원은 침묵 속에 잠긴다. 어둠 속에서 엷게 빛나는 수면등 불빛만이 방들을 희부옇게 밝히고 있다.

모두 잠든 사이 할머니 한 분만이 복도를 헤매고 있다. 할머니에게만은 지금이 한낮이다. 할머니는 이따금씩 불면증에 시달리곤 했는데, 매일 그러는 것은 아니지만 정기적으로 반복된다는 점에서 문제가 되었다. 특히 할머니의 불면증은 한 달에 두 번, 가족들이 면회를 왔다 가는 날이면 심해졌다. 오늘이 바로 그날인 것이다.

할머니는 가족들이 찾아오면 주로 여러 가지 '고발'을 하느라 바쁘다.

"얘, 여기는 돈도 주지 않고 일을 시킨다."

"일주일 동안이나 세수를 안 시켜주지 뭐냐."

"기저귀만 갈고 한 번도 닦아주지 않아서 내가 아주 괴롭다."

이런 내용들이다. 물론 거짓말이다. 할머니가 이런 거짓 고발을 하는 이유는 결국 "그러니까 빨리 여기서 나를 데려가라"는 것이다. 하지만 고발을 접수하는 당사자인 할머니의 아들은 누구보다도 이런 말들이 거짓임을 잘 알고 있었다. 할머니의 아들이 요양원 보호자 대표이기 때문이다. 그는 요양원이 돌아가는 상황이나 할머니의 상태를 익히 잘 알고 있었다. 결국 할머니의 고발은 늘 '혐의 없음'으로 종결되곤 했다.

할머니는 까치발을 하고 창밖을 내다보고 있다.

"할머니 졸리지 않으세요?"

할머니는 창밖에서 시선을 떼지 않은 채 대답했다.

"요 앞에 아들이 기다리고 있어요. 나를 데려가려고요."

그러고는 어둠뿐인 허공을 향해 외쳤다.

"여보! 저 여기 있어요. 빨리 데려가세요."

할머니가 기다리는 사람은 아들이거나 남편인 것 같은데 어느 편인지는 확실치 않았다. 할머니의 기억이 온전하지 않기 때문이다.

할머니는 아들을 보며 남편이라고 소개할 때도 있었다. 그럴 때 할머니는 자신을 젊은 새색시로 생각하는 것 같았다.

"여보! 저 여기 있어요."

반복되는 할머니의 외침에 주위 어르신들이 깨기 전에 조치가 필요했다. 결국 나는 비장의 무기를 꺼내 왔다. 커다란 플라스틱 김치통에 가득 담긴 노란콩과 검정콩, 개수를 세어볼 엄두가 나지 않을 정도로 어마어마한 콩들이 뒤섞인 통을 들고 할머니에게로 갔다. 그리고 최대한 힘들어 보이는 표정으로 콩을 내려놓고 말했다.

"할머니, 이 콩 좀 색깔별로 나눠주세요. 내일 콩밥 해 먹게요."

할머니는 온 복도를 헤매다가도 콩이 담긴 통을 꺼내면 아무 말 없이 손을 내민다. 한 번도 마다한 적이 없다. 구십 평생을 살아오며 이미 일에는 이골이 났을 텐데도 할 일이 보이면 본능적으로 손이 움직이는 것 같았다. 어떤 기억은 머리가 아니라 몸에 새겨지는 법이니까.

할머니의 콩 고르기는 매우 정확했고, 일단 시작되면 모든 콩이 색깔별로 나뉠 때까지 손을 멈추지 않았다. 그런데 문제는 할머니의 관심을 돌리고 잠을 부르기 위해서 부탁한 콩 고르기가 할머니에게는 진짜 일이 되어버리기 일쑤였다는 것이다. 콩에 너무 집중하는 바람에 오히려 잠이 달아나는 것 같아 도중에 콩을 치우려고 하면 할머니는 아직 일이 덜 끝났다며 화를 냈다. 그나마 콩을 고르는 동안은 다른 사람의 잠을 깨우지는 않기에 자주 할머니 앞에 콩이 놓였고, 할머니는 점점 콩 고르기 선수가 되어갔다.

밤 근무를 하는 날에는 매시간마다 요양원 곳곳을 둘러봐야 한다. 노인분들께 가장 흔히 발생할 수 있는 낙상 사고 등을 방지하기 위해서다. 콩 고르기에 열중하고 있는 할머니를 두고 나는 자리에서 일어나 다른 분들을 살피기 위해 순찰을 시작했다.

각 방을 돌아보고 다시 할머니께로 돌아올 때였다. 할머니가 잠시 손을 멈추고 주위를 두리번거리는 모습이 보였다. 나는 짐짓 모른 척했다.

그러자 할머니는 주변에 아무도 없다고 생각했는지, 한 손을 나팔처럼 입에 붙이고 창문 쪽을 향해 속삭이기 시작했다.

"아들아! 여기는 돈도 안 주고 일만 시킨다! 민주주의 국가에서 이럴 수는 없다!"

몇 번 더 내부 고발을 반복하던 할머니는 나를 발견하고는 언제 그랬냐는 듯 입을 꾹 다물고 다시 콩 고르기에 열중했다.

"할머니, 피곤하시면 이제 그만하고 주무세요."

할머니는 아무 대꾸 없이 손만 움직였다. 그러다가 내 눈이 다른 곳을 향하면 다시 두 손을 입에 모으고 속삭였다.

"민주주의 국가에서 이럴 수는 없다아!"

할머니의 잠은 좀처럼 다가올 기미가 보이지 않았다. 할머니를 뒤로하고 복도로 나섰다. 고요한 복도에 할머니의 고발 소리가 이따금씩 새어 나왔다.

일하고 제 몫을 받지 못하는 것은 바깥세상도 별반 다르지 않다는 것이 할머니에게 조금 위로가 될까. 물론 할머니는 언제라도 일을 멈출 수 있지만 말이다.

2부

삶은 당신의 손을
쉬이 놓지 않습니다

흩날리는 꽃잎을 죽음이라 부르지 않듯,
저무는 삶일지라도
이 순간 뜨겁게 살아 있음을 기억하는 것

나,
아직 살아 있다

나는 하얀 천장을 바라보고 누워 있다. 천장은 56개의 사각형 판으로 조각나 있다. 내가 할 수 있는 거라곤 매일 이곳 천장의 사각 판이 몇 개인지 세는 거다. 이곳은 어디일까. 방의 귀퉁이마다 침대가 놓여 있고, 침대마다 누군가가 누워 있다. 여기가 어디인지는 모르겠지만 아주 모르는 곳은 아닌 것 같다. 왠지 낯설지가 않다.

이불 위에서 조금씩 이동하던 햇빛이 이제 얼굴로 쏟아지고 있다. 눈이 부시지만 고개를 돌릴 수가 없다. 몸이 마음처럼 움직이지 않는다. 색 바랜 붉은 앞치마를 두른 여자가 휠체어를 밀고 방으로 들어온다. 여자는 말없이 이불을 걷어내고 내 목덜미에 손을 넣어 나를 일으켜 앉힌다. 그러고는 두 손으로 내 허리춤을 잡고 들어 올리더니, 힘에 부치는지 휠체어 위로 나를 던지듯 내려놓는다. 내 몸이 출렁거린다. 여자가 가쁜 숨을 쉬며 뭐라 말을 했지만 내겐 들리지 않는다. 엉덩이께가 아프다. 손으로 엉덩이를 문지르고 싶었지만 곧 여자에게 팔목을 잡혔다. 여자의 입술이 다시 움직였고 허리에 벨트가 채워졌다.

나는 동그란 탁자 앞으로 옮겨졌다. 죽과 반찬이 담긴 식판 하나, 수저가 한 쌍 놓여있다. 반찬은 네 가지인데 정확히 어떤 반찬인지는 모르겠다. 여자가 내 목에 앞치마를 두른다. 그리고 죽과 반찬을 번갈아 떠 넣어주었다. 내 입에 들어가는 것이 어떤 반찬인지 궁금했지만 아무 말도 해주지 않는다. 죽은 자꾸 입 밖으로 흘러내렸다. 나는 이가 하나도 없어 씹을 일은 없었지만 잘 삼켜지지 않았다. 조금만 천천히 먹여주면 좋을 텐데. 내 앞에도 나처럼 다른 사람의 손을 빌려 밥을 먹는 노인이 있다. 그 노인 옆에도 한 여자가 앉아있다. 두 여자는 서로 대화하기에 바쁜 것 같다.

죽 그릇을 거의 다 비웠을 즈음 여자는 식탁에 놓인 약봉지를 찢고 흰 가루약을 남은 죽에 털어 넣는다. 약을 따로 줘도 먹을 수 있을 것 같은데……. 죽에 약을 섞지 않았으면 좋겠는데……. 말하고 싶지만 말이 나오지 않는다.

아마도 나는 말하는 법을 잊은 것 같다.

식사가 끝나자 여자는 아까보다 좀 더 넓은 방으로 나를 데려갔다. 휠체어를 탄 노인들이 한 줄로 나란히 앉아 텔레비전을 보고 있다. 내가 탄 휠체어도 그 줄 한쪽 끝에 놓였다. 소리가 잘 들리지 않아 화면 속 사람들을 그저 구경한다. 얼마 안 되어 노인들이 한 사람씩 사라진다. 나도 누군가의 손에 이끌려 방으로 돌아왔다.

휠체어에서 침대로 옮겨진다. 이번엔 두 사람이다. 한 사람은 내 다리 사이에 자신의 다리를 끼우고 내 허리와 어깻죽지를 잡았다. 다른 한 사람은 내 뒤에서 바지춤을 잡는다. 나를 세우고 침대로 옮긴다. 내 몸이 침대에 떨어지며 머리가 흔들린다. 조금만 살살 다뤄주면 좋으련만. 바지춤을 너무 위로 끌어당기지 않으면 좋으련만. 이번에도 말은 입안에서만 맴돈다.

얼마나 시간이 지났을까. 밖에서 소란스러운 소리가 나는 것 같다. 한 남자가 내 방에 들어오며 고개를 숙인다. 환한 웃음을 띤 얼굴이다. 나도 모르게 입가가 올라가며 미소를 지었나 보다. 그가 눈을 동그랗게 뜨며 내가 웃었다고 좋아한다. 그는 왜 내가 웃었다고 좋아하는 걸까. 그의 손이 내 이마를 짚는다. 조금 거칠지만 따뜻하다. 그는 고개를 요리조리 돌려가며 나를 살펴본다. 내 팔다리와 몸통을 움직여 자세를 바꿔준다. 등허리가 훨씬 편해졌다. 그는 내 이마에

자기 이마를 갖다 댄다. 물속같이 고요했던 귓가에 불쑥 그의 환한 목소리가 들려왔다. 목구멍에서만 맴돌던 말이 튀어나온 것도 바로 그때였다. 내 목소리에 그도 깜짝 놀란 표정이다. 두 손으로 얼굴을 덮더니 눈 끝을 두드린다. 눈물을 닦는 것도 같다. 그는 왜 내 목소리에 눈물을 흘리는 걸까.

나는 그의 얼굴을 찬찬히 바라봤다. 내 아들보다 어리고 손자보다는 많아 보이는 나이. 잃어버린 기억 속의 누군가일지도 몰랐다. 어쩌면 아들일 수도 있고, 손자일 수도 있었다. 나는 기억을 잃어버린 치매 환자다.

나는 아버지의 말 한마디에 시집을 가야 했다.

"쪼깐한 땅도 있고, 사람도 그만하면 괜찮다더라."

그게 끝이었다. 그 길로 나는 조그만 땅도 있고 그만하면 괜찮다던 남자에게 시집을 갔다.

땅은 200평 남짓으로 시골에서 농사짓기에는 정말 조그마한 것이었지만, 남편과 나 둘이서 부지런히 일구기에는 알맞았다. 남편이 파와 마늘, 양파, 상추 따위를 심으면 나는 읍내 새마을금고 앞에 자리를 깔고 앉아 열심히 팔았다. 은행이라고는 새마을금고 하나였기에 그곳은 온 마을 사람들이 자주 오가는 자리였고, 덕분에 번번이 남기지 않고 채소를 팔 수 있었다. 일찌감치 떨어진 채소를 찾는 손님이 나타나면 남편이 금세 밭에 가서 뽑아다 주곤 했다. 넉넉하진 않았지만 두 아이들과 배는 곯지 않고 살 수 있었다. 남편은 정말 그만하면, 아니 꽤 괜찮은 사람이었다.

남편은 매일같이 캄캄한 새벽에 제일 먼저 일어나 물을 끓였다. 여자가 찬물로 씻으면 피부가 거칠어진다는 이유였다. 또 남편은 다른 집 남자들이 부인을 대하는 것처럼 한 번도 나를 "야! 어이!" 하고 부르지 않았다. 항상 "여보!" 하고 불렀다. 읍내에 나가면 빈손으로 돌아오는 법이 없었다. 동동구리무는 내 손에서 떨어지지 않았다. 나는 아들 둘을 낳으며 위험한 상황을 맞기도 했다. 하혈이 멈추지 않은 거다. 그 모습을 지켜보던 남편은 그날로 읍내 병원에 가서 아이 못 낳게 하는 수술을 받았다. 남편은 정말 좋은 사람이었고, 다른 불만은 없었다. 딱 한 가지만 빼고는…….

유달리 눈이 많이 내리던 어느 겨울날, 남편은 어깨 위로 잔뜩 눈을 맞으며 쉼 없이 장작을 팼다. 두 해 겨울도 충분할 만큼의 장작을 한껏 패 드높이 쌓아두고는 읍내에 다녀온다며 길을 나섰다. 사람들이 말하길, 눈길에 낡은 트럭이 미끄러졌다고 했다. 남편은 그 길로 세상을 떠났다. 내가 오십이 되던 해였다. 내 곁을 너무 빨리 떠나버린 일, 그게 남편에 대한 나의 한 가지 불만이었다.

두 아이가 가정을 이루고 내 곁을 떠났다. 아들이 함께 살자고 했지만 나는 남편의 땅이 좋았다. 도시의 아파트보다 남편이 손수 지어준 작은 집이 내게는 평안했다. 200평의 땅이 주는 선물은 나 혼자 살아가기에 부족함이 없었다. 그렇게 조용히 늙어가다가 남편의 뒤를 따르면 될 일이었다. 그 일이 일어나지만 않았더라면, 절대 오지 말아야 할 것이 오지만 않았더라면.

서울에 있어야 할 아들의 다급한 목소리가 작은 집을 뒤흔들었다. 부엌에서 새까만 연기가 퍼져 나오고 있었다.

"무슨 일이냐?"

방문을 열고 나간 나를 보며 큰아들이 입을 틀어막았다. 아니, 작은아들이었던가. 어떤 놈이 큰놈인지 구분이 되지 않았다. 입고 있던 몸뻬바지에서 소변이 흘러내리고 있었다.

나는 나를 잃어버리고 있다. 내일은 또 무엇을 잃어버릴지 모르겠다. 어쩌면 마지막에는 내 이름 석 자만 기억할지도 모르겠다. 이곳에서 치매에 걸린 노인들을 쭉 봐왔는데 그래도 다들 자기 이름만은 기억하는 것 같았다. 내 이름 석 자와 두 아들, 그리고 손주들 얼굴만이라도 잊어버리지 않으면 좋으련만.

하루하루 사라지는 기억이지만 내가 분명히 알고 있는 한 가지가 있다. 치매에 걸렸어도, 말하는 법을 잊었어도, 내 손으로 혼자 밥도 못 먹고 화장실도 못 가는 처지일지라도 나는 알고 있다. 나, 아직 살아 있음을.

다가오는
마지막 시간에

개장수 할아버지는 휠체어가 비좁아 보일 정도로 덩치가 컸다. 나이에도 불구하고 여전히 팔뚝이며 허리가 탄탄하고 굵어서 씨름 선수였다고 해도 그렇구나 했을 것이다. 실제로 젊었을 때는 소와 씨름하며 쇠뿔을 잡아 넘어뜨리기도 했다는데, 물론 할아버지의 말을 그대로 다 믿을 수는 없다. 큰 덩치만큼 입담도 센 분이었다.

할아버지는 치매에 당뇨병을 앓고 있었다. 아침마다 배에 인슐린 주사를 맞았고, 다리 수술을 받은 이후로는 걷지 못해 휠체어를 타고 다녔다. 그래도 두 팔만은 든든해서 할아버지는 종종 복도 벽을 따라 설치된 긴 손잡이를 잡고 걷기 운동을 하기도 했다.

할아버지는 개장수였던 자신의 직업에 자부심을 가지고 있었다.

"한창때는 개 100마리를 먹였지."

그러면서 그는 개를 어떻게 잡는지, 또 어떻게 사고파는지를 아주 자세하게도 설명했다. 돈벌이가 썩 괜찮다며 직원들에게 이직을 권하기도 했는데 아직까지 개장수가 된 직원은 없었다. 그런데도 할아버지는 매일 개를 사고파는 비법을 전하기에 여념이 없었다. 그냥 사라지기에는 아까운 기술이라는 것이다.

몇 마디 대화하거나 며칠 함께 지내다 보면 금세 느낄 수 있지만, 할아버지는 고집이 아주 셌다. 할아버지가 먹고 싶은 것, 할아버지가 하고 싶은 것을 막을 수 있는 사람은 아무도 없었다. 가족들도 할아버지의 고집은 꺾을 수 없다고 했다. 문제는 할아버지의 당뇨 수치였다. 특히나 음식 조절을 해야 하는데 "먹고 죽은 귀신이 때깔도 곱다"며 과식을 고집하면 도무지 말릴 수가 없었다.

어느 날 할아버지의 오른쪽 엄지발가락 발톱이 빠졌다. 간질간질한 느낌이 들어 자꾸 만지다가 급기야 발톱을 뜯어냈다는 것이었다. 당뇨병은 상처 치료를 더디게 만들었다. 상처가 나을 만하면 할아버지가 상처 부위를 만져서 다시 나빠지는 일이 반복됐다. 결국, 할아버지의 엄지발가락이 썩기 시작했다.

일단 시작된 괴사는 할아버지의 고집처럼 진행을 멈추지 않았다. 살이 썩어가도 과자를 끊지 못하는 할아버지의 식습관도 영향을 끼쳤다. 얼마 지나지 않아 할아버지의 엄지발가락이 잘렸다.

"거, 발가락 하나쯤은 없어도 돼."

할아버지는 호기로웠다. 그리고 얼마 후에 할아버지의 오른쪽 발목이 사라졌다. 곧 정강이가 없어졌고, 무릎을 알아볼 수 없게 되었고, 급기야 허벅지를 반만 남기고서야 할아버지의 괴사는 진행을 멈췄다. 할아버지는 더는 복도 손잡이를 붙잡고 걷기 운동을 할 수 없었다. 침대에 누워 지내는 시간이 길어졌고 말수가 부쩍 줄어들었다.

어느 날 할아버지가 말했다.

"내 죽음은 아주 고통스러울 것 같아."

나는 노인들과 죽음에 관해 이야기하는 것을 피하지 않는다. 당연히 미리 가늠해보아야 한다고 생각한다. 모든 삶의 마지막은 죽음이므로. 죽음은 허상이 아니고 실제로 우리 모두에게 일어날 일이니까.

나는 할아버지에게 왜 고통스러운 죽음을 예상하느냐고 물었다. 그는 예상 밖의 답을 했다.

"내가 젊었을 때 말이야. 몸에 좋다는 걸 너무 많이 먹었어. 뱀도 수백 마리를 고아 먹었지. 이 세상 보약이란 보약은 다 먹어봤을 거야."

노인들에게 흔하게 듣는 말이었다. 보약을 많이 먹으면 영혼은 떠나고 싶은데 육신이 보약의 힘으로 끝까지 버티느라 고생한다는 것이다. 나는 할아버지에게 보약에 대해서는 잘 모르지만, 사람이 죽을 때 고통은 당연히 따라온다고 말했다. 그도 고개를 끄덕였다.

"역시 그렇겠지? 나도 우리 아버지가 죽는 모습을 봤는데 말이야. 아휴, 무척 고통스러워 보이더라고. 자네가 그동안 보아온 사람들도 다들 고통스러워하던가?"

나는 그렇다고 대답했다. 간혹 자다가 돌아가셨다는 분들 이야기도 들어보긴 했다. 그렇지만 그런 경우도 죽음의 순간을 타인이 보지 못해서 그렇지 마지막 숨이 멎기까지 얼마간의 고통은 있었을 것이다.

이후로도 할아버지는 나를 보면 종종 죽음에 관해 물었다. 나는 내가 본 죽어간 사람들에 대하여 있는 그대로의 사실을 담담히 말해주었다.

그렇게 죽음을 탐구하던 할아버지는 어느 날부터 더는 질문을 하지 않았다. 대신 휠체어를 타고 다시 거실에 나가 다른 노인들과 떠들썩하게 대화를 하기 시작했다. 자신은 몸에 좋은 걸 하도 많이 먹어 다른 사람들보다 더 많이 헐떡이다 죽을 거라며 너스레를 떨기도 했다. 할아버지의 표정은 점점 밝아지는 것 같았다.

그러던 어느 날 사무실에서 연락이 왔다. 할아버지가 장기외박을 나간다는 내용이었다. 자세한 이유는 설명하지 않았지만, 직원들은 모두 밀린 돈 때문이란 걸 알았다. 할아버지의 보호자는 일 년이 넘도록 한 푼의 돈도 요양원에 보내지 않고 있었다. 돈을 내지 않는다 하여 노인을 요양원에서 내보낼 수는 없게 되어있다. 장기외박은 궁여지책처럼 보였다.

할아버지는 집에 다녀온다며 사람들에게 인사를 했다. 웃고 있는 할아버지를 뒤로하고 나는 할아버지의 짐을 챙겼다. 할아버지의 커다란 덩치와는 어울리지 않게, 짐은 작은 가방 하나로 끝이었다.

두 달쯤 지났을 무렵, 할아버지가 돌아가셨다는 소식을 들었다. 당뇨병은 합병증이 무서운 병이다. 할아버지는 자신의 예상처럼 고통스러운 죽음을 맞았을까? 영혼은 떠나고 싶은데, 보약 때문에 힘겹게 육신에 붙들렸을까? 부디 그러지 않았기를 바란다. 할아버지의 마지막이 조금이나마 덜 고통스러웠기를, 누군가 옆에 있어주었기를 바란다.

할머니의 장날,
그 은밀한 이야기

밤 열두 시가 되면 그녀는 자리에서 일어나 긴 머리를 돌돌 말아 비녀를 꽂았다. 이부자리 위에는 작은 아이들 넷이 뒤엉켜 누운 채 곤한 잠에 빠져 있었다. 성인 남자 두세 명이 누우면 꽉 찰 것 같은 작은 방이었다. 그녀는 이리저리 구겨진 이불을 반듯하게 펴서 아이들 몸을 덮어주고 조용히 방을 나섰다.

차가운 마루에 발을 딛기가 무섭게 매서운 바람이 목덜미를 파고들었다. 그녀는 서둘러 방문을 닫았다. 문에 덕지덕지 바른 창호지가 파르르르 흔들렸다. 밤하늘을 올려다보니 별들이 곧 쏟아질 것만 같았다. 마루 아래 디딤돌에 놓인 아이들의 고무신이 눈에 들어왔다. 그녀는 아랫입술을 질끈 깨물었다.

좁은 부엌에 들어서니 아궁이에 걸린 커다랗고 시커먼 가마솥이 그녀를 기다리고 있었다. 그녀는 서둘러 화구에 장작부터 넣었다. 곧이어 콩을 물에 담가둔 고무 다라이를 들었다. 빈 그릇에 물을 먼저 따라낸 뒤, 나머지 콩은 조금씩 맷돌에 붓고 갈기 시작했다. 한참을 맷돌 손잡이를 돌리고 있으니 그제야 얼어붙었던 몸이 서서히 녹는 것이 느껴졌다. 틈틈이 콩을 보충하며 콩 불린 물을 함께 부어주었는데, 이건 돌아가신 어머니의 어깨너머로 배운 방법이었다.

콩 갈기가 끝나자 그녀는 잘 갈린 콩을 베 보자기에 담아 콩물을 짜고 또 짜냈다. 베 보자기에 남은 콩 찌꺼기는 따로 보관했다. 이렇게 모아둔 비지는 얼마간 아이들의 밥상을 책임질 것이다. 콩물을 끓이는 손길이 더 분주해졌다. 가마솥 한가운데에서 작은 거품이 보글거리기 시작할 때 아궁이 속에 있는 벌건 장작을 서둘러 꺼냈다. 그리고 콩물에 뜨거운 김이 사그라들 무렵 그녀는 준비해둔 간수를 조금씩 가마솥에 부었다.

금세 콩물이 몽글몽글 엉기기 시작했다. 순두부였다. 그녀는 순두부를 작은 구멍들이 뚫린 네모난 나무틀에 넣고 널판자로 덮은 다음 그 위에 무거운 돌을 올렸다. 돌의 무게에 순두부가 머금고 있던 물기가 아래로 빠지기 시작했다. 이른 새벽부터 몇 시간을 쉬지 않고 두부를 만들면서도 그녀의 얼굴에 힘든 기색은 보이지 않았다.

그녀는 작아진 고무신 뒤축을 구겨 신고 학교에 가던 막내아들을 떠올렸다. 엄마에게 말도 꺼내지 못하고 고개 숙인 채 텅 빈 월사금 봉투를 들고 가는 큰아들의 뒷모습까지 생각나자 그녀는 연신 코를 훌쩍거렸다. 따뜻한 김을 올리며 완성된 두부는 그녀에게 막내아들의 검정 고무신이었고 큰아들의 중학교 월사금이었다. 그녀는 두부가 담긴 다라이를 머리에 이고 아직 해도 뜨지 않은 길을 서둘러 걷기 시작했다.

도깨비시장, 새벽에 장이 열리고 이른 아침이면 언제 장이 섰는지도 모르게 사라져버린다 하여 붙은 이름이다. 새벽시장이란 다른 이름도 있었지만, 사람들은 다들 도깨비시장이라 불렀다.

갑자기 병을 얻어 곁을 떠난 남편 대신 그녀는 홀로 네 아이들을 책임져야 했다. 하지만 그녀는 이렇다 할 장사 경험이 없었다. 그런 그녀가 생각해낸 것이 도깨비시장에 나와서 이른 아침 장사를 끝내고 집으로 돌아가는 상인들에게 두부를 파는 일이었다. 죽은 남편을 알고 있는 상인들도 여럿 있어서 장사를 시작한 지 얼마 되지 않았지만 조금씩 자리가 잡히는 중이었다. 그녀는 그런 분들에게 은혜를 갚는 일은 자신이 할 수 있는 일에 최선을 다하는 것이라 여겼다.

그녀는 두부를 만들 때는 물론이고 두부를 깔끔하게 전시하는 일도 허투루 하지 않았다. 높은 궤짝 위에 긴 도마를 올린 뒤, 깨끗한

베 보자기를 깐 두부 쟁반을 올리고 어디 부서진 두부가 없나 살폈다. 네모 반듯이 썰린 두부에서 아직도 모락모락 김이 피어올랐다.

그때, 저 멀리 누군가 그녀를 향해 달려오고 있었다. 그녀는 생각했다.

'두부를 사려고 이렇게 달려오시다니, 고마우신 첫 손님이다.'

"으악! 할머니, 이게 뭐예요?"

다급히 방으로 들어서며 직원이 외쳤다.

"아이고! 또 장사 시작하시네."

나는 웅성거리는 소리에 서둘러 할머니 방 안으로 들어갔다. 할머니는 이미 장사 준비를 마치고 좁은 침대 난간을 따라 '두부'를 가지런히 진열하느라 여념이 없었다.

"어르신, 뭐 하시는 거예요?"

나는 잠시 할머니의 과거를 떠올리며 물었다. 할머니는 고개는 여전히 '두부' 쪽을 향한 채 눈만 치켜뜨며 '그것도 모르느냐?'는 표정이었다.

"보면 몰라? 두부 팔아야지. 내가 한시라도 손을 놀리면 우리 애들은 어찌 먹고살아?"

할머니 말처럼 좁고 긴 침대 난간 위에는 익히 알고 있는 두부

보다 훨씬 더 작은 사각형의 그것들이 가지런히 놓여 있었다. 그러는 동안에도 할머니의 손에서는 계속해서 작은 두부들이 만들어지고 있었다. 할머니가 착용하고 있던 기저귀는 이제 두부 틀이 되었고, 할머니 몸에서 나온 두부 재료들은 수줍게 김을 내며 손님맞이를 하고 있었다.

할머니는 40년 넘게 두부 장사를 하셨다고 한다. 두부를 팔아 아들 셋을 대학 공부까지 시켰다고 늘 자랑하는 할머니였다. 그러나 자식들이 면회 오는 모습은 자주 볼 수 없었다. 속사정이야 다 알 수 없겠지만 할머니는 기초생활보장 수급자였다.

사실 할머니의 자식이 정말 몇 명인지는 확실하지 않다. 어떤 날은 아들 넷, 딸 셋이라고 했고, 어떤 날은 딸만 있다느니 아들만 있다느니 갈팡질팡했다. 그렇지만 자식 수는 헷갈려도 '두부 장수 40년'에 대한 말만은 한결같아서 아마도 두부 장사를 했던 일은 사실일 거라고 다들 믿었다.

어쨌든 할머니의 두부가 모두 팔려야 장사도 끝날 것이었다. 흔적도 없이 사라지는 도깨비시장처럼.

"어르신, 이거 다 해서 얼마인가요?"

얼추 두부 만들기가 끝난 모양이었다. 두부 빚는 일을 멈추고 그것들을 일렬종대로 예쁘게 진열을 끝낸 할머니가 흘러내린 눈두덩을 손가락으로 잡아 올리며 작은 눈동자를 반짝였다.

"하이고, 마수걸이에 다 사 가려고? 오늘 횡재했구먼."

할머니는 손님의 마음이 변하기라도 할까 봐 겉면에 '프리○○'(환자용 기저귀 상표)이란 글씨가 인쇄된 하얀 비닐에 그 작고 앙증맞은 두부들을 정성껏 담았다. 그러고는 비닐의 네 귀퉁이를 모아 보따리 싸듯 단단히 매듭지은 뒤 내 코밑에 떡하니 내밀었다. (그 향기와 색깔에 대한 묘사는 최대한 자제하겠다.)

"어르신, 고맙습니다. 그런데 두부 만드시느라 손이며 옷이 더러워졌네요. 씻어야겠어요. 옷도 갈아입고요."

침대 시트며 난간에 묻은 누런 얼룩에서 모락모락 향기가 피어올라 온 방을 채우기 전에 서둘러야 했다. 문밖에서는 몇몇 직원들이 코를 막고 키득거렸고, 할머니와 같은 방을 쓰는 어르신들은 허공에 삿대질을 하며 혀를 차고 있었다.

급한 내 마음과 달리 정작 할머니는 느긋하기만 했다. 장사를 성공적으로 마친 두부 장수 할머니는 오른손을 내 얼굴 앞에 내밀고 손끝을 아래위로 까딱거렸다.

"잠깐 있어보래이. 이리 떨이를 해줬는데 덤이라도 하나 드려야지. 보자 보자, 이기 어디 있나……."

할머니는 주머니 여기저기를 뒤적이더니 왼쪽 주머니 깊숙한 곳에서 무언가를 꺼내 들었다.

"요, 있었구먼. 자, 요건 덤이니까 요것도 마저 가져가래이."

"……."

두부 재료가 부족해서인지 미처 사각으로 만들지 못하고 동그랗게 빚은 메추리 알 모양의 물체가 살포시 내 손바닥 위에 올려졌다.

"어르신, 이제 목욕물도 다 데워졌을 테니 그만 일어나세요."

두부 장수 할머니는 그제야 느릿하게 몸을 움직였다.

요즘은 도깨비도 세상 변화를 따라가나 보다. 시장은 예전처럼 그렇게 일찍 열리지 않고, 또 서둘러 끝나지도 않는다. 새벽 다섯 시부터 오전 열 시까지도 장이 열린다. 도깨비시장의 모습은 예전과 달라졌다. 하지만 장날을 기다리던 할머니의 마음은 변함이 없어 보인다. 할머니가 아이들을 위해 두부를 만드는 마음은 할머니가 눈감는 그날까지 끝이 없을 것 같다.

요양원에서 어르신들을 보다 보면, 부모의 마음과 자식의 마음은 절대로 같을 수 없다는 것을 자주 느낀다. 지금껏 수백 명의 노인들을 봐왔지만, 나는 아직까지 자식을 원망하는 노인을 본 적이 없다. 어떤 상황에서도, 단 한 명도 없었다.

창밖으로 바람을 기다리는 민들레 군락지가 눈에 들어왔다. 치매라는 병으로 대부분의 기억을 잃어버리고도 자식 걱정뿐인 할머니 마음은, 민들레 같다는 생각이 들었다. 자식을 위해 언제든 흩뿌려질 준비가 되어 있는.

저만치 앞서가던 할머니가 어서 오라며 봄처럼 웃었다. 나도 그만 따라서 웃어버렸다. 언젠가 할머니의 도깨비시장은 사라지고 두부 장사를 그만둬야 할 날이 올 것이다. 그날이 조금 더디게 오면 좋겠다.

마음 밭에
심다

내가 사는 강원도 원주에서는 흙이 있는 자그마한 땅이면 어디서든 콩이나 깨 같은 작물이 자라는 모습을 볼 수 있다. 사람들은 봄이면 씨앗을 뿌리고 여름, 가을이면 꽃과 열매를 거둔다. 그러는 동안 자연은 땅을 정화하고 양분을 나누어준다. 곤충들과 동물들, 그리고 사람들을 먹이고 치유한다.

밭에 씨를 뿌리는 것처럼 내 속에도 작은 씨앗이 떨어진 때가 있었다. 내 마음 밭에 작은 씨앗이 자리 잡고 싹을 틔운 것은 순전히 그 덕분이었다. 그는 마지막까지 희망을 심던 사람이었다.

그와 처음 만나던 날 직원들은 괴팍한 노인이니 조심하라는 둥, 앞을 잘 보지 못하니 이동할 때 특히 신경 써야 한다는 둥, 몇 가지 당부를 전했다. 까다로운 노인이겠구나 생각했지만 여러 노인을 상대하다 보니 대수롭지 않게 여기고 전해 들은 충고는 다 잊고 있었다.

그러다 그의 병실 문을 열었다. 길고 하얀 머리카락을 뒤로 질끈 묶은 비쩍 마른 노인이 앉아 있었다. 창 쪽을 향해 돌아앉은 모습이었는데 내 발소리에도 노인은 고개를 돌리지 않았다. 그가 침대 옆 탁자 위를 더듬거렸다. 탁자 위에는 휴대전화가 있었는데 그는 몇 번을 더듬거린 후에야 전화기를 잡을 수 있었다. 손이 닿는 거리에 있는 물건도 보이지 않는 눈치였다.

며칠 동안 그는 한마디 말도 하지 않았다. 다정한 인사를 건네도 빈 허공만 쳐다볼 뿐이었다. 함께하는 시간이 늘어갈수록 불편해지는 쪽은 나였다. 그는 근육이 굳어가는 파킨슨병을 앓고 있었고, 당뇨로 인해 두 눈마저 어두워져가는 상황이었다. 거기다 신장이 망가져 정기적으로 혈액투석까지 받고 있었다.

그는 1960년대에 소설가로 등단하여 일간 신문에 소설을 연재하기도 했고, 이후 그림 공부를 위해 파리로 유학을 다녀왔으며, 사진에도 조예가 깊어 대한민국 사진전 대상을 수상하기도 했다고 했다. 사람들은 처음엔 그의 화려한 이력에 대해 수군거렸고, 그다

음엔 맥없이 하루를 침묵 속에 보내는 노인의 모습에 다시 수군거
렸다.

나는 그의 이력을 알고 난 후부터 무슨 생각이었는지 그에게 시
를 읽어주기 시작했다. 내가 습작하던 유치하기 짝이 없는 시였다.
과거 소설가였던 치매 노인에게 무언가 도움이 되기를 바라는 순수
한 마음이었다고 생각하지만, 당시에 무슨 용기로 그랬는지 지금도
잘 모르겠다. 그에게 시를 읽어줄 때 가끔 허공을 향한 그의 시선이
나를 향하기도 했다. 그러면 나는 더욱 신이 나서 시를 짓고 그에게
낭송했다.

어느 날 엉성한 시 한 편을 그에게 읽어주고 있는데, 그의 입꼬
리가 올라갔다.

"자네가 직접 쓴 시인가?"

처음으로 듣는 그의 목소리는 따스했다. 그는 내게 다음번 글을
쓸 때는 솔직함을 감춰보라고 했다. 메타포(은유)에 대한 말 같았지
만, 온전히 이해할 수는 없었다. 한번 시작된 그의 말은 자주 내 마음
을 흔들었고, 오랜 세월을 지나온 경험들이 쏟아질 때면 나는 동상
처럼 그의 앞에 서서 떠날 줄을 몰랐다.

그는 눈앞 30센티미터밖에 볼 수 없다고 했다. 그런데도 그는

아침마다 더듬거리며 아주 느린 걸음으로 정원을 산책했다. 그를 혼자 보낼 수 없었기에 나는 늘 그와 함께했다. 그럴 때면 그는 내게 꽃에 얽힌 사연을 들려주었다. 제주도의 오름에서만 자란다는 붉은 피뿌리풀, 잎과 꽃잎이 서로 한 번도 만나지 못한다는 상사화, 자르고 잘라도 다시 자란다는 부추꽃 등 한 번도 본 적 없던 꽃들이 그의 입을 통해서 내 마음으로 들어왔다. 그가 전하는 꽃 이야기에 흥미를 느끼며 나는 어느새 그와의 산책을 즐기게 됐다.

그는 산책을 마치면 방으로 돌아와서는 스케치북을 펼쳤다. 작은 종이 속으로 들어가기라도 할 것처럼 얼굴을 스케치북에 바짝 붙이고 꽃을 그렸다. 산책길에 이야기했던 꽃들을 그림으로 옮기고 있는 것 같았다. 그의 꽃은 아주 느리게 자랐지만, 하루하루 쌓이면서 어느새 4절지를 반 이상 채우며 흰 종이 가득 피어났다.

그가 한번은 손잡이가 있는 큰 돋보기를 구해달라고 부탁했다. 그는 한 손에는 돋보기, 다른 한 손에는 펜을 들고 스케치북에 글씨를 쓰기 시작했다. 대개는 가끔 그에게 걸려오는 지인과의 전화 내용이거나 산책길에서 나와 나눴던 일상의 평범한 이야기들이었는데, 그는 뿌연 눈으로 한 글자 한 글자 정성을 들여 글씨를 썼다. 나는 그가 며칠 지나면 그만둘 것이라 생각했지만 그는 한 달이 지나도 꽃을 그리고 글을 쓰는 일을 멈추지 않았다. 그는 마지막으로 한

편의 소설을 완성하겠노라 선언했다.

그러나 어느 날부터 그는 그림을 그리고 글을 쓰는 일을 그만두었다. 산책도 더 이상 나서지 않았다. 두 눈이 아주 많이 나빠졌기 때문이었다. 이제는 눈앞 30센티미터도 식별이 어렵다고 했다. 돋보기로도 볼 수가 없게 된 것이었다. 그는 한동안 방에서 나오지 않았다. 꽃을 이야기하며 미소 짓던 얼굴엔 짙은 그림자가 졌다.

며칠 후 그가 나를 불렀다.

"예전에 썼던 내 소설을 현시대에 맞도록 고쳐주게."

1960년대에 신문에 연재했던 그의 첫 소설을 현재 상황에 맞춰 다시 써달라는 것이었다. 나는 문학을 공부하거나 소설을 써본 적이 없었다. 나는 그럴 수 없다고 딱 잘랐다. 그는 다시 방으로 들어갔고 식사도 거의 하지 않았다. 도리가 없었다.

그의 소설이 연재되었던 강원일보를 방문했다. 1966년에 연재되었던 이정연 씨의 소설을 찾아볼 수 있는지를 물었다. 무려 50년도 더 지난 일이라 찾을 수 있을 거란 기대는 하지 않았다. 그런데 놀랍게도 당시 소설이 연재된 지면이 보관되어 있었다. 신문사에서는 친절하게도 복사까지 해주었다.

소설의 연재 지면을 찾았다는 소식을 전하자 그는 생기를 되찾

왔다. 예의 그 자상한 미소도 돌아왔다. 그리고 소설에 대해서 말하기 시작했다. 그가 어떤 장면 하나를 떠올리면 나는 그 장면을 실감나게 묘사해야 했다. 그와 대화를 나눈 후에는 또 그만큼의 분량이 늘어났다. 예스러운 문장만 현대적으로 바꾸면 될 것이라는 내 생각은 완전히 오판이었다. 나는 밤을 새워 글을 써야 했다. 그러나 포기할 수는 없었다. 그를 실망시키고 싶지 않았다.

짧았던 소설은 어느새 중편소설이 되어버렸고, 그러는 동안 훌쩍 석 달이 지나갔다. 나는 서울에 있는 인쇄소에 원고를 보내 제본까지 마친 뒤, 우리가 함께 완성한 소설을 들고 그에게 달려갔다. 제딴에 으쓱해진 손자가 할아버지 품을 향해 달려가듯이.

그는 오랜만에 산책을 가자고 했다. 아침 이슬이 땅과 하늘을 반반씩 머금고 떠날 준비가 한창이었다. 볕뉘 내리는 작은 오솔길에서 그가 걸음을 멈추고 고개를 들어 한껏 햇살을 받았다. 나도 같은 모습으로 그를 따라 했다. 그를 닮아가는 느낌이 참 좋았다.

"그 책은 말이지. 자네를 위한 내 선물이네. 소설 한 편을 완성해보았으니 앞으로 글쓰기에 큰 도움이 될 거야."

눈시울이 뜨거워졌다. 눈물을 들킬까 고개를 돌리고 무얼 찾는지도 모르는 채 풀숲을 눈으로 훑었다. 어느새 서늘해진 바람에 꽃줄기들이 흔들렸다.

그는 끝내 4절지 가득한 꽃을 피우지는 못했다. 돋보기를 들고 한 글자 한 글자 새기던 그의 마지막 소설 또한 미완성으로 남았다. 하지만 그가 씨앗 하나를 내 가슴에 심은 것은 분명했다. 그가 떠난 뒤에도 자꾸만 그를 닮아가고 있는 나를 발견하기 때문이다.

그가 빈 백지에 그리던 꽃과 글자들은 고스란히 내 마음 밭에 떨어져 자리를 잡았다. 언제가 될지 모르지만 내 마음 밭에서 자라난 씨앗도 활짝 피어나서 누군가에게 꽃씨가 되기를, 그가 내게 그랬던 것처럼.

오늘 콱 죽고 싶지만
배고픔은 느끼는 것

며칠 전 요양원을 떠난, 죽은 노인을 두고 남아 있는 노인들이 수군 거렸다. 예닐곱 명의 노인들이 소파에 앉거나 휠체어를 탄 채로 모여 있었다. 모두 치매 초기의 노인들이었다. 나는 무슨 대화를 나누는지 궁금해서 가까이 다가갔다.

내가 조심스럽게 물었다.

"죽음이 두려우세요?"

"아니, 두렵지 않아."

그중 할머니 한 분이 소파에 등을 기댄 채 머리를 흔들며 말했다. 파킨슨병을 앓고 있는 할머니였다.

"죽기까지 고통스러운 시간이 있잖아요?"

할머니는 고개를 끄덕이며 말했다.

"그렇지. 그건 무섭지."

휠체어에 앉아 있던 할아버지가 끼어들었다.

"아버지가 죽는 걸 봤는데, 마지막 숨을 헐떡일 때는 아무것도 모르는 것 같더라고. 맞아, 마지막엔 고통을 느끼지 못하는 것 같았어."

소파에 마주 앉은 몸집이 큰 할머니가 손을 내저으며 소리를 높였다.

"천만의 말씀! 그런 사람도 있고 저런 사람도 있는 법이지. 어릴 때 할머니가 돌아가시는 걸 봤는데 얼마나 괴로워했는지 몰라. 차마 볼 수가 없을 정도였어. 그렇게 다정했던 할머니였는데, 그 이후로는 할머니 생각만 해도 오금이 저렸다니까."

노인들은 눈을 감고 고개를 끄덕였다. 나는 노인들의 시선을 살피며 말했다.

"어떤 식이든 죽음에 이르는 시간이 쉽지는 않겠죠."

노인들은 여전히 눈을 감고 있었다.

우리는 죽음에 관한 대화를 나누며 잠시 심각해졌는데, 텔레비전을 보고 있던 다른 할머니의 한마디에 모두 웃음이 터지고 말았다.

"오늘이라도 콱 죽었으면 좋겠는데, 그나저나 아직 저녁밥은 멀었는가? 배고파 죽겠네."

오늘 콱 죽고 싶지만 배고픔은 느끼는 것, 그게 우리 사는 모습이었다.

아직 저녁 식사 시간은 멀었다. 나는 대화를 이어갔다.

"우리가 죽고 나면 어떻게 될까요?"

답이 없는 질문을 하는 이유는 여러 가지겠지만, 나의 경우엔 노인들의 무료함을 달래주기 위한 목적이 컸다. 치매 노인들은 먼저 말을 건네지 않으면 온종일이라도 입을 다물고 있는 경우가 많다. 말하지 않으면 말하는 것도 잊어버리게 된다는 것을 나는 노인들을 보며 알았다.

정답이 있을 리 없는 질문에 노인들의 답이 제각각이었다.

"천국 가지."

천주교를 믿는 노인의 답변이 먼저 나왔다.

"그런 게 어디 있냐. 죽으면 끝이지."

파킨슨병 때문에 온몸을 흔드는 할머니가 턱을 치켜들고 말했다. 다른 노인이 불쑥 끼어들었다.

"아니야. 죽으면 산으로 가."

아마도 할머니는 땅에 묻히는 걸 말한 것일까. 그럴듯하다. 또 다른 할머니가 큰 소리로 말했다.

"요즘 누가 땅에 묻히나? 다 태워서 나무 밑이나 골당으로 가지. 암! 죽으면 납골당으로 간다."

구석에서 대화를 듣고 있던 60대 남자가 조용히 말했다. 뇌졸중으로 몸의 왼쪽이 마비된 환자였다.

"죽으면 새가 된대. 우리 아버지가 그랬거든."

그의 아버지는 그가 일곱 살 때 죽었다고 했다. 어린 아들을 두고 떠나야 했던 병든 아버지의 마음과, 새를 볼 때마다 아버지를 생각했을 일곱 살 아이를 나는 떠올렸다.

"어르신은 이다음에 무슨 새가 되고 싶으세요?"

그는 웃음기를 거둔 얼굴로 대답했다.

"나는 황새! 황새가 되고 싶어."

나는 다시 물었다.

"많고 많은 새 중에서 왜 황새예요?"

그는 움직일 수 없는 왼쪽 손목을 오른손으로 잡아 올리며 말했다.

"내가 키가 크니까."

그의 키는 182센티미터로, 요양원의 최장신 노인이었다.

그때 배고픈 할머니가 또 소리 질렀다.

"도대체 저녁은 언제 주는 거냐고!"

이번에는 아무도 웃지 않았다.

나는 황새가 되고 싶다던 그의 말이 계속 생각났다. 나는 정말
로 그가 죽고 나서 황새가 되기를 바랐다. 노을이 질 때마다 나는 저
녁 하늘 어딘가에서 날고 있을 두 마리의 황새를 생각한다.

전부
내 것이여

새벽 다섯 시였다. 노인 몇 명이 잠이 덜 깬 모습으로 거실로 나왔다. 다들 황당한 표정이었다. 노인들은 긴 소파에 털퍼덕 앉으며 한숨을 쉬었다. 아직 해도 뜨지 않은 시간, 오늘도 한 할머니 덕분에 요양원의 아침이 너무 일찍부터 시작되었다.

　병실로 가보니 할머니 한 분이 바닥에 깔린 이불을 정리하고 있었다. 잔뜩 화가 난 얼굴이었다.

　"왜 제집 두고 남의 집에 와서 잠을 자는 거야."

　할머니는 같은 병실을 사용하는 동거인들을 쫓아내기 일쑤였다. 다른 노인들을 할머니의 방에 무단 침입한 불청객으로 여겼다. 어떤 날엔 다른 노인이 입고 있는 옷이 자기 것이라며 잠든 노인의 옷을 모두 벗겨놓은 적도 있었다. 거부할 수 있는 노인들은 그렇다 쳐도 항거할 수 없는 노인은 자다 말고 발가벗겨지는 봉변을 겪어야 했다. 할머니는 다른 사람이 덮고 있던 이불까지 가져와서 자신의 머리맡에 쌓아두었다. 이불, 옷 등 눈에 보이는 것은 모두 할머니의 것이었다.

밤이 되면 할머니는 집에 간다고 소동을 일으켰다. 시아버지 밥을 차려야 한다는 것이었다. 가끔 시아버지는 손자나 손녀로 바뀌기도 했다. 일이 마음대로 되지 않을 때는 직원 책상에 있는 전화기를 들고 경찰에 신고를 시도하기도 했다. 불법 감금과 절도 피해를 신고했는데, 다행히도 전화기는 내선 전용이었다.

"거기 경찰서죠?"

"네, 할머니! ○○경찰서입니다." (경찰서 명칭은 요양원 상호를 사용했다.)

나는 잠시 경찰관 사칭을 했다. 이 죄를 어쩌면 좋을까. 할머니는 드디어 경찰에 신고를 할 수 있게 되었다는 기쁨에 목소리가 떨렸다.

"그러니까 이게 어찌 된 일이냐 하면요……."

할머니의 하소연이 이어졌다. 여기서 사람을 오도 가도 못하게 한다, 내 집에 초대하지도 않은 불청객들이 들어와 잠을 잔다, 그것

만도 화가 날 일인데 거기에 더해 내 옷이며 이불까지 다 훔쳐 갔다
는 내용이었다.

"할머니, 사연을 접수했습니다. 제가 한 바퀴 쭉 돌아보고 그곳
으로 출동할게요. 그런데 거기서 다른 데로 이동하시면 서로 만나지
못할 수 있어요. 꼭 그 자리에 그대로 계셔야 합니다."

"네네. 어디 가지 않고 여기서 기다릴게요."

이 정도 하면 할머니는 집에 간다는 주장을 멈추고 경찰관을 기
다리다가 잠에 빠졌다. 나는 자주 경찰관 행세를 했다.

할머니는 서울 종로구 창신동에서 포목점을 운영했다고 한다.
주로 원단을 취급했는데 기성복이나 이불도 판매했다. 좋은 원단을
구할 수 있는 시간은 늦은 밤이나 새벽이었다. 원단 외에도 호랑이
가 그려진 밍크 담요나 큰 꽃무늬가 있는 부드러운 담요가 잘 팔렸
다고 한다. 이불이나 원단에 대해 물어보면 할머니는 눈빛을 반짝이
며 설명을 이어갔다. 할머니는 남편 없이 세 아이들을 길렀다. 포목
점은 할머니에게 아이들을 지킬 수 있는 유일한 울타리였다.

할머니는 결혼 후 몇 년 지나지 않아 남편을 잃었다고 했다. 전
염병이었다. 그 시기에 대해서는 그때그때 말이 오락가락했는데, 어
떤 때는 결혼 후 2년 만이라고도 했고, 또 어떤 때는 3년이나 5년 만

이라고도 했다. 아무튼 남편이 아들 둘, 딸 하나를 남기고 일찌감치 할머니 곁을 떠난 것은 사실인 듯했다.

할머니는 남편이 죽은 후에도 계속 시아버지를 모시고 살았다. 할머니의 시아버지 자랑은 대단했다. 할머니의 말에 의하면 그분은 유명한 교수님이었다. 그래서 할머니는 지금도 밤이 되면 시아버지 밥을 차려야 한다며 자주 길을 나서려 했다.

할머니는 자녀들의 장래를 자주 걱정하기도 했다. 특히 아들을 의사로 만들어야 한다는 강한 신념을 가지고 있었다. 할머니의 오랜 기도 덕분인지 실제로 할머니의 아들은 현재 장성하여 의사가 되어 있었다. 그러나 할머니의 마음속에서는 아직도 아들딸이 어린아이로만 남아 있기에, 날마다 아들이 어서 커서 의사가 되어야 한다고 애를 태웠다. 할머니의 꿈은 언제까지나 현재 진행형이었다.

병실에는 침대마다 커튼 가림막이 설치되어 있다. 거동이 어려운 노인들의 기저귀를 갈거나 옷을 갈아입힐 때 치는 것으로, 천장의 고정 레일에 달려 있다. 그 외에도 바퀴가 달린 이동식 가림막도 있다. 이동식 가림막은 주로 거실 한편에 두고 사용한다. 가끔 거실에서 잠을 자는 노인들이 있는데, 홀로 걸음을 옮기다가 넘어질 가능성이 많은 분들은 굳이 방으로 다시 모시지 않고 거실에 침대를 놓고 그곳에서 주무시도록 가림막으로 가벽을 만들어드린다.

야간에 거실에서 잠든 노인의 기저귀를 교체할 때였다. 가림막 다섯 개로 빈틈없이 주변을 차단한 뒤 노인의 바지를 내리고 기저귀를 막 갈려는 참이었는데, 문득 등 뒤로 이상한 느낌이 들었다. 고개를 돌려보니 뒤쪽에 세워둔 가림막 하나가 사라져 있었다.

주위를 둘러보니 가림막은 20여 미터의 복도 중간쯤을 지나고 있었다. 가림막 뒤에는 할머니가 있었는데 그 모습은 마치 동그란 먹이를 정성스럽게 굴리며 전진하는 쇠똥구리 같았다. 금세 가림막은 할머니의 병실 안으로 사라졌다.

기저귀를 갈다 만 노인이 눈을 끔뻑거렸다. 노인의 바지는 허벅지에 걸려 있었다. 난감했다. 그때 병실 안에서 할머니가 짜증 섞인 소리를 질렀다.

"도둑년들, 말도 없이 내 것을 가져가고 그래! 전부 내 것이여!"

매 맞는 요양보호사들을 위한
작은 위로

1

소란한 웅성거림, 한 요양보호사가 어르신에게 맞았다. 기저귀를 교체하는데 어르신이 주먹으로 요양보호사 얼굴을 때린 것이다. 순식간에 일어난 일이었다. 평소에도 폭력적인 성향을 보여온 할머니였다. 요양보호사의 오른쪽 뺨이 붉게 상기되고 턱 쪽이 부어올랐다.

　놀라서 다가간 내게 그녀는 괜찮다고 했다. 별일이 아니라는 듯 대꾸하는 그녀의 말에 나는 울컥했다. 무방비 상태로 얻어맞아 얼굴이 부어오르고 있는데 괜찮다니. 그녀는 한 남자의 아내고 두 아이의 엄마였다. 치매에 걸린 어머니를 위해 요양보호사 자격증을 땄는데, 몇 년 전 어머니가 돌아가신 뒤로는 전업으로 요양보호사 일을 해오고 있었다.

치매에 걸린 어르신들이 할퀴고 물고 주먹을 휘두르는 일, 안타깝지만 요양보호사가 환자에게 폭행을 당하는 일은 꽤 자주 벌어진다. 보름 전쯤에는 할머니 한 분이 요양보호사의 가슴을 물어뜯었다. 휠체어에서 침대로 할머니를 옮기던 중이었다. 가슴을 물린 요양보호사는 그 순간에 할머니를 뿌리치면 낙상 사고가 발생한다는 것을 알고 있었다. 그래서 할머니에게 가슴을 물린 채로 고통을 참고 할머니를 침대에 뉘었다. 흔한 일은 아니지만, 사람에게 물려본 이들은 알 것이다. 물린 상처는 잘 낫지 않는다는 것을.

그녀는 며칠을 병원 치료를 받았다. 죽은 피가 피부 안쪽에서 굳는 바람에 살을 째고 다시 꿰맸다고 한다. 어르신의 보호자와 요양원 측은 '돌보는 사람이 조심했어야지'라는 입장을 전했다. 다친 요양보호사는 결국 자비로 병원비를 치렀다. 돌보는 이들의 인권은 어디에도 없다. 몇몇 국회의원들이 요양보호사의 질 낮은 처우와 인권에 대해 성토하는 내용을 발표했지만 그들의 주장은 몇 줄의 댓글과 함께 곧 잊혔다.

치매라는 병은 사람을 낯선 인격체로 만든다. 물론 평소의 성격이 완전히 사라지는 것은 아니며, 치매에 걸렸어도 이전과 비슷한 성격을 유지하는 경우도 있다. 그러나 때로는 이전의 그 사람이라고 생각할 수 없을 정도로 전혀 다른 사람으로 변하기도 한다.

요양보호사나 다른 환자를 때리거나 물건을 부수는 등 난폭한 행동을 보인 어르신의 가족들은 말한다.

"우리 부모님은 절대로 그러실 분이 아닌데요. 잘못 보신 거 아니에요?"

따뜻하고 살가웠던 나의 어머니, 아버지가 갑자기 폭력적으로 변했다는 사실을 가족들은 받아들이기 힘들어한다. 치매 노인이 그러한 이상 행동을 보이는 것은 환자 본인의 잘못도, 그 가족들의 잘못도 아니다. 환자의 상태에 따른 구분 없이 요양원 입소가 이루어지는 것이 문제다.

나는 이런 상담 내용을 들은 적이 있다.

"정신과 병동에 보내기는 싫은데요, 요양원에 입소할 수 있을까요? 물론 묶지 않고 말이에요."

"네, 그럼요. 환자 상태를 봐야겠지만 가능하도록 해봐야지요."

일부 정신 나간 요양원에서 어르신을 온종일 묶어둔 것이 보도된 적 있다. 나는 분개했다. 인터넷 댓글 창에는 '극악무도한 요양원'에 대한 성토의 글이 이어졌다. 물론 그런 일은 있어서는 안 된다. 그런데도 뭔가 석연치 않다. 지금 이 시각에도 사지가 묶여 있는 노인들이 있기 때문이다. 바로 병원이다. '치료를 목적으로'란 단서가 붙는다. 굳이 묶지 않을 수도 있지만 보살필 인력이 부족하다는 이유다. 묶어놓지 않으면 노인이 주사액을 뽑거나 소변줄을 만져 더 위험해진다는 것이다. 그럼 인력을 충원하면 될' 일이 아닌가. 현재의 의료비나 구조상 그럴 수 없다고 한다.

많은 병원에서는 인력 부족을 이유로 움직임이 많은 어르신을 24시간 묶어둔다. 두 시간마다 환자의 몸을 돌려주어야 한다는 체위 변경 지침은 고려되지 않는다. 요양원에서 지내다가 갑작스러운 지병 악화로 병원에 입원했던 노인들 대다수가 퇴원 후 다시 요양원에 돌아올 때는 엉덩이나 허리 쪽에 욕창이 생긴 상태로 돌아온다. 팔목과 발목에는 피멍이 들어 있기도 하다. 사람들은 이런 일에는 매우 관대하다. 병원이니까 그래도 된다고 생각한다. 병원에서는 사지가 묶여도, 욕창이 생기도록 움직이지 못해도 감수해야 한다니, 참 이상하다.

몇 년 전 텔레비전에서 미국의 한 요양원이 소개되었다. 요양원에 입소한 노인들은 100여 명이었고, 100여 명의 노인을 보살피는 직원 수는 200명이 넘었다. 그걸 보며 우리나라의 요양원 현실에 한숨이 나왔다.

현재 우리나라에서 100명의 노인을 보살피기 위해서는 법적으로 40명의 요양보호사가 필요하다. 사회복지사, 물리치료사, 주방 직원 등을 더해도 60명이 넘지 않는다. 거기다 미국 요양원 어디에도 비위관(일명 콧줄)을 하고 24시간 누워 있는 환자는 보이지 않았다. 그들은 철저하게 요양원에서 지낼 만한 노인과 병원에 입원해야만 하는 환자를 구별하고 있었다.

우리나라는 병원에 있어야 할 환자가 요양원에 입소하기도 한다. 그 이유는 보험 때문이다. 요양병원은 의료보험의 적용을 받고, 요양원은 장기요양보험의 적용을 받는다. 그 때문에 같은 환자라도 요양병원을 이용하면 요양원보다 더 많은 금액을 지출해야 한다. 장기요양보험은 요양원 이용 비용의 80퍼센트를 국가에서 지원하기 때문이다. 요양원에 중환자실이 생긴 이유다. 현재 요양원에는 24시간 침대에 누워 콧줄로 영양액을 섭취하는 중증 환자가 늘고 있다.

중앙치매센터 조사에 의하면 2018년 기준, 국내 65세 이상 노인 인구 중 치매 환자는 70만 5,473명으로 추정되며 치매 유병률은 10퍼센트로 나타났다. 65세 이상 노인 열 명 중 한 명이 치매 환자라는 뜻이다. 치매 환자의 증가세도 가파르다. 2024년에는 100만 명, 2039년에 200만 명, 2050년에 300만 명을 넘어설 것으로 예상된다고 한다.

하지만 치매 환자를 보살피는 현장의 상황은 그 속도를 따라가지 못하고 있는 듯하다. 보건복지부의 노인복지시설 현황을 보면 2018년 12월 기준으로 노인복지시설은 7만여 개로, 요양시설에 입소 가능한 정원은 23만 8천 명 정도다.

정부에서는 치매 관리 비용으로 연간 약 14조 6천억 원을 쏟아붓고 있다. 엄청난 비용이다. 그럼에도 실제 현장에서 일하고 있는 사람으로서 어르신을 보살피는 방법이나 직원 복지가 좋아진 느낌은 없다. 수십억을 들여 지역 곳곳에 치매센터는 들어섰는데, 7년 전이나 지금이나 어르신들을 보살피는 데 전문적인 손길이 더해진 것 같지는 않다.

최저임금이 상승함에 따라 사회복지에 종사하는 사람들의 임금이 소폭 상승했다. 그뿐이다. 법정 최저임금에 딱 맞춘 금액. 휴일수당이나 연차수당 등은 먼 나라 이야기다. 극심한 감정노동 직군의 하나인 요양보호사를 위한 심리 상담 지원 따위는 없다. 요양보호사들은 대부분 손가락 관절, 팔목, 허리에 통증을 안고 산다. 견딜 수 있을 때까지 참고 일하다 상태가 악화되면 자비로 병원 치료를 받든지 회사를 떠난다. 허리 디스크 판정을 받은 한 직원은 산재 신청을 했다. 하루에도 수십 번씩 거동 못 하는 어르신들을 들었다 놨다 해야 하는 일이니 허리가 멀쩡할 수 없다. 그러나 산재보험 담당자는 그건 노화 현상이라 산재에 해당하지 않는다고 했다. 요양보호사들은 허리 디스크나 손가락이 휘는 정도는 산재 신청을 하지 않는다. 어차피 안 될 것을 알기 때문이다.

그런데도 나는 왜 이 일을 계속하고 있을까?

지인이 물었다.

"많고 많은 일 중에 왜 하필 다른 사람 똥이나 치우는 일을 하냐?"

나를 걱정해서 하는 말이었다. 그런데 반은 맞고 반은 틀렸다. 어르신들이 종일 똥만 누지는 않기 때문이다. 그는 다시 물었다.

"치매 환자들이 뭘 할 수나 있냐?"

완전히 틀렸다. 치매 환자라고 해서 일상이 없는 게 아니다. 그들도 평범한 하루를 보낸다. 멀쩡한 사람이 보기에 느리고 불편해 보일 뿐이다. 어쩌면 매일 전날의 기억은 모두 잊고 완전히 새로운 하루를 시작한다는 점에서 구태의연한 일상을 반복하는 바깥의 사람들보다 오히려 신선한 하루를 보낸다고 느낄 수도 있다. 기억이 10분 이상 지속하지 않는 어떤 분에게는 매 순간이 삶의 시작이니까.

"얼어붙은 한강을 걸었어. 피난길이었지. 얼음이 깨져 황소가 빠지고 놀란 주인이 안간힘을 쓰며 황소의 고삐를 당겼지만 별수 없었어. 눈을 허옇게 뒤집으며 물에 빠져가는 황소를 사람들은 보고만 있었어. 안타깝지만 사람 살기도 바빴거든. 그때 멀리서 폭탄 떨어지는 소리가 들리는 거야. 나는 오빠 손을 잡고 얼음판 위를 죽어라 달렸지."

띄엄띄엄 전쟁을 증언하는 어르신은 한 권의 책이었다. 한 사람이 살아온 길을 되짚어 걸어볼 수 있다는 것은 경이롭다. 딱히 바쁠 일 없는 치매 환자들의 이야기는 무척 느렸는데, 나는 그분들의 사연을 듣기 위해 기다림부터 배워야 했다. 일부러 꾸밀 필요가 없는 그분들은 자신이 본 대로 들은 대로 살아온 이야기를 전한다. 나는 어르신들을 보며 사람이 책이 되어 읽히는 경험을 수없이 했다. 이보다 생생하게 삶을 그려내는 책이 또 어디에 있을까.

한 사람의 노인이 죽으면 하나의 박물관이 문을 닫는다는 말을 나는 믿는다. 내게 수십 개의 박물관이 문을 열고 초대장을 보낸다. 나는 주저 없이 박물관으로 걸어간다. 나는 그곳에서 구석구석 숨겨진 보물을 찾아내고 기록한다. 내가 태어나기도 전의 이야기를 듣는 일, 수많은 박물관의 서기가 되는 일, 나는 이 일을 마다하지 않을 것이다.

전국의 34만 624명의 요양보호사 선생님들이 어르신들의 기억을 소중히 여기는 서기관이 되어주시기를. 또한 지면을 빌어 그분들께 감사와 마음을 다한 위로를 전하고 싶다.

일본에는
치매가 없다

'치매(痴呆)'라는 말은 한자로 어리석고 미련하다는 뜻이다. 일본에서는 치매라는 단어 대신 '인지증(認知症)'이란 용어를 사용한다.

일본은 요양원 수를 늘리기보다 시민들을 대상으로 인지증에 대한 기본 교육을 하고 있다. 이미 2017년에 '인지증 서포터스'가 1천만 명을 넘어섰다. 지역사회에서 인지증 환자들을 피하지 않는 모습이다.

반면 우리나라는 요양원 수를 늘려가고 있다. 이 모습은 사회로부터 치매 환자를 분리하려는 노력으로밖에 보이지 않는다. 의도가 어떻든 간에 정부는 '치매 국가 책임제'란 단어를 공식적인 정책 용어로 사용하고 있다.

국내 65세 이상 노인 인구 중 10퍼센트가 치매 환자로 추정된다. 치매 환자가 그렇게 많다는데 우리나라에서 치매 노인을 만나기는 쉽지 않다. 나는 길에서 치매 환자를 만난 적이 없다. 그 많은 치매 환자는 다 어디로 갔을까. 전국 5,287곳의 노인요양시설과 노인요양 공동생활가정에는 치매 노인들이 가득 차 있고, 입소하기 위해 대기하고 있는 노인들도 많다고 한다.

일본에는 스가모(巢鴨)라고 하는 노인들의 거리가 있다. 노인들을 위한 다양한 물건들을 파는 상점가가 형성되어 있고, 그중에는 치매 환자들을 위한 카페며 음식점 등도 있다. 이곳의 편의점 직원들은 치매 환자를 대하기 위한 별도의 교육을 받는다. 일본 요양시설의 첫 번째 설립 목적은 치매 환자의 재활을 도와 가정으로 복귀시키는 것이다.

나는 우리나라에서 요양원에 입소한 후 가정으로 복귀하는 노인을 본 적이 없다. 노인들이 요양원을 꺼리는 이유는 한 번 들어가면 죽어서나 나올 수 있는 곳이라는 선입견 때문이다. 그리고 그것은 선입견이 아니라 사실이다. 실제로 우리나라 대부분의 요양원 현실이 그렇다.

문제는 그럴 수밖에 없는 구조에 있다. 한국의 치매 관련 예산은

OECD 최하 수준이다. 가정에서 보살필 수 없어 요양원에 보호를 위탁한 노인 십수 명을 요양보호사 한 명이 보살펴야 한다. 그런 인력 구조로 어떤 재활을, 얼마나 안전한 보호를 할 수 있을까. 그런 체계에서 노인은 과연 인간으로서 존중받는 마지막 시간을 보낼 수 있을까.

나의 대답 대신 현실만을 이야기해보자. 거동이 어려운 대다수 노인들은 자신의 배설물을 엉덩이로 깔고 몇 시간이고 기다려야 한다. 화장실을 이용하고 싶어도 "그냥 기저귀에 보세요"란 말을 당연한 듯이 들어야 한다. 야간에는 한 명의 요양보호사가 서른 명이 넘는 노인을 보살피는 일도 빈번히 벌어진다. 구조적으로 이미 차근한 보살핌은 불가능하다.

왜 일본에서는 가능한 일이 우리나라에서는 불가능한 것일까? 일본 요양원에서는 재활해서 노인들을 가정으로 돌려보내는 일이 흔한데 왜 우리나라 요양원에서는 그런 일이 희귀한 일이 되었을까?

몇 년 전 〈KBS 파노라마〉라는 다큐멘터리 프로그램에서 일본 요양시설을 취재한 적이 있었다. 우리나라로 치면 낮에 노인들을 보살피는 주간 보호시설이었는데, 그곳 실내에는 일부러 마련해둔 계단과 언덕이 있었다. 치매 노인들이 계단을 오르고 언덕을 넘는 연습을 했다. 바깥에서 흔히 겪을 수 있는 위험한 상황을 스스로 극복하도록 돕는 것이라 했다. 우리나라 요양원들은 낮은 문턱도 모두 없앤다. 노인들이 넘어질 수 있다는 이유다. 치매 노인들의 가정 복귀에는 관심이 없어 보인다.

일본 요양시설 관계자가 말했다.

"인지증 환자에게 가장 중요한 것은 그분들을 따로 격리하지 않는 것입니다."

우리나라는 치매 환자들을 격리하기에 바빠 보인다. 이곳 원주에서도 대규모의 요양시설 건설이 한창이다. 이미 입소하기 위해 대기자(사실은 대기자의 보호자)가 줄을 섰다는 소리가 들린다.

일본과 달리 우리나라에서는 치매 노인들을 따로 격리하는 이유가 무엇일까. 2008년 7월 노인장기요양보험제도가 시행되었다. 장기요양이라는 말처럼 이 제도는 이윤이 목적이 아닌 장기적인 안목이 필요한 사업이다. 그래야만 한다.

정부는 2005년부터 3년간 시범 사업을 시행했다. 총 3차에 걸쳐 광주, 수원, 부산, 인천, 대구 등 시범 사업 대상지를 확장했다. 하지만 장기요양보험제도를 실시하기에 3년의 세월은 너무 짧았다. 정부는 미처 준비가 덜 된 이 제도를 민간에 넘겨버렸다. 그 결과 일정 시설 조건만 갖추고 설치 신고를 하면 누구라도 요양원을 개원할 수 있게 되었다. 요양원이 이윤을 목적으로 운영되기 시작한 것이다. 요양원은 황금알을 낳는 거위가 되어버렸다. 요양원을 설립하고 어르신들을 모은 다음 노인 머릿수에 따라 권리금을 받고 요양원을 되파는 사람도 등장했을 정도니, 이 일을 어찌해야 할까.

우리의 관심이 이런 오류를 바로잡는 데 도움이 될 것이라고 믿는다. 급여 생활자나 자영업자가 내는 의료보험료에는 장기요양보험이란 항목이 있다. 그렇다. 우리는 모두 노인 장기요양보험료를 세금으로 내고 있다. 이 세금을 지원받아 치매 환자는 요양시설에 입소하면 요양 비용의 20퍼센트만을 본인이 부담한다(기초생활수급 대상자는 100퍼센트 무료이고, 차상위층은 10퍼센트를 부담한다). 나머지 80퍼센트는 장기요양보험에서 요양시설에 지급한다. 노인 장기요양급여 지급액은 2019년 상반기에만 4조 원대에 이른 것으로 확인됐다. 2018년 치매 관리 비용은 15조 7천억이었다. 2050년에는 106조에 달할 것이라는 예상도 있다.

세금을 내고 있으니 세금이 어떻게 활용되는지 알아야 하지 않을까. 어리석고 미련하다는 뜻의 치매라는 단어를 사용 중지한 일본인들의 의도를 생각해봐야 하지 않을까.

일본은 치매 환자를 지역사회에서 보듬고 있고, 우리는 치매 환자를 요양원으로 보내고 있다. 일본 요양원에서는 치매 환자들의 재활을 목적으로 그들을 보살피고 집으로 다시 돌려보내는데, 우리는 한 번 들어온 노인들은 요양원에서 죽음을 맞는다. 뭔가 잘못된 것 같다. 막대한 세금이 사용되고 있는데, 어떤 요양원은 그 세금을 이용해서 세를 불리고, 1등급이라고 하는 와상 환자(누워만 있는 환자)에게 권리금을 더 얹어서 요양원 매매 광고를 올린다.

현직으로 일하고 있는 요양보호사로서, 어르신들에게 죄송한 마음이 든다. 그리고 일본의 노인들이 부럽다. 나는 일본 맥주를 끊었고, 더는 일본산 제품을 구입하지 않지만 말이다.

그럼에도 나는 희망을 놓지 않는다. 작은 촛불을 모아 정권도 교체한 우리다. 피기 시작하면 금세 산천을 물들이는 진달래 같은 우리다. 전 세계가 코로나19에 휘둘릴 때 정부와 의료진, 온 국민이 한마음으로 뭉쳐 세계에서 가장 모범적인 대처를 보여준 우리다. 치매 환자를 바라보는 우리의 시선이 좀 더 따듯하기를 바라고, 더불어 우리가 횃불이 되어 치매 노인들의 말 못 하는 마음을 밝혀줄 수 있기를, 그분들의 마지막 삶을 우리가 지켜줄 수 있기를 바란다. 언젠가 그들이 우리를 보살폈듯이.

낼모레면 110세 할머니의
달콤한 하루

지금 일하고 있는 요양원에 109세 할머니가 계신다. 일주일 후면 110세가 되신다. 요양원에서도 최고참인 할머니는 아직도 누구의 도움 없이 스스로 식사를 할 수 있을 만큼 정정하시다. 또 자기 관리도 철저해서 아침저녁이면 꿀을 한 숟가락씩 드시고 마른 수건으로 온몸을 닦는다. 할머니의 매일의 일과다.

할머니는 요양원 생활에 잘 적응하고 지내지만, 딱 두 가지 불만이 있다. 하나는 할머니의 최애 과자인 새우깡을 마음껏 먹지 못하는 것이고(앞에서 이야기한 '신입 직원만 오면 애절한 과거 사연을 이야기하며 몰래 새우깡을 얻어내는 할머니'가 바로 이분이다), 다른 하나는 자신을 병원에 데리고 가지 않는 것에 대한 불만이다.

　할머니를 굳이 병원에 모시지 않는 건, 할머니의 몸이 시원치 않은 이유가 어떤 문제가 있어서라기보다 노화에 따른 것이기 때문이다. 할머니의 건강 상태는 사실 연세에 비하면 꽤 좋은 편이다. 그래서 병원에서도 할머니께 딱히 어떤 처방을 내려주진 않는다. 하지만 할머니가 하도 병원에 데려다 달라고 떼를 쓰시니, 이런저런 핑계를 만들어서 두어 달에 한 번 정도는 할머니를 병원에 모시고 간다. 오늘이 바로 할머니의 병원 진료가 있는 날이었다.

　진료 시간은 오후 두 시로 예약되어 있었다. 할머니는 새벽 여섯 시에 일어나 젖은 수건으로 온몸을 닦고, 로션을 머리부터 발끝까지 발랐다. (이 문장은 비유적인 표현이 아니다. 할머니는 진짜로 머리에 로션을 바르신다.) 할머니 방 앞에만 지나도 로션 냄새가 풍겨 나올 정도인데, 의외로 그 냄새는 무척 향기롭다.

　일찌감치 단장을 마친 할머니는 오전 내내 만나는 직원마다 붙들고 "두 시 될라믄 얼마나 남았나?" 하고 물었다. 그렇게 오매불망 기다리던 두 시가 되었고, 할머니는 병원으로 출발했다.

　한 시간쯤 후에 돌아온 할머니의 얼굴이 환했다. 작고 동그란 얼굴이 더 동그랗게 웃었다. 뭔가를 자꾸 말하고 싶은지 연신 침을 흘리면서도 입을 다물지 않았다.

대화 상대를 찾는지 주위를 두리번거리시기에 할머니에게 다가갔다. 할머니의 자랑거리를 들어드려야겠다. 할머니는 자신이 불리한 상황에서는 거의 알아들을 수 없게 말을 하시는데, 오늘처럼 뭔가 자랑할 일이 있을 때는 귀에 쏙쏙 들리게끔 말을 잘하신다. 오늘의 이야기는 아마 잘 들릴 것이었다. 할머니의 표정만 보아도 알 수 있었다.

"내가 오랜만에 병원에 갔네. 의사 선생을 만났는데 의사 선생이 나를 보고 깜짝 놀라네. 내가 의사 선생이 깜짝 놀라는 이유를 물어봤네. 그랬더니 아직도 살아 계셔서 깜짝 놀랐다 하네. 깔깔깔!"

할머니는 아주 큰 소리로 웃으셨다. 하지만 아직 끝이 아니다. 할머니의 자랑거리는 등장도 하지 않았다. 할머니는 잠시 숨을 내쉬고는 다시 말을 시작했다.

"돌아오는데 병원에 있는 홍 과장과 복도에서 딱 만났네. 홍 과장이 날 보더니 기뻐하며 줄 게 있다네. 그러고는 꿀, 꿀, 꿀을 꺼내오네!"

이 대목에서 할머니의 흘러내린 눈두덩이 속에 숨었던 눈빛이 빛나고 목소리는 더욱 높아졌다. 할머니가 자랑하고 싶었던 것은 바로 꿀이었던 것이다. 홍 과장님의 선물, 꿀을 자랑하고 싶어서 내내 두리번두리번하며 안달이 나셨던 거다.

할머니는 신이 나서 품 안에서 꿀을 꺼내어 보여준다. 꿀은 곰돌이 푸 모양의 작은 플라스틱 병에 담겨 있었다. 고작 손바닥만 한 꿀 한 병에 할머니의 하루는 핑크빛이 되었다.

그나저나 나는 걱정이 앞섰다. 아침저녁 꿀 한 수저로 하루의 시작과 마감을 하는 할머니의 일과로 봐서는 저 작은 꿀 병은 금세 동이 날 것이었다. 그러면 할머니는 또 병원에 가자고 떼를 쓰실 테다. 홍 과장님이 보고 싶어서, 실은 꿀이 목적이시겠지만 말이다.

"아이구, 할머니 좋으시겠어요!"

내가 맞장구를 쳐드리고는 꿀 병을 열어드리겠다고 하니 할머니는 손사래를 쳤다. 드시기 아까우신 모양이었다. 할머니의 자랑이 요양원의 모든 사람에게로 한 바퀴 돌기 전에는 저 작은 꿀 병이 열리지 않을 수도 있겠다.

아니나 다를까, 내가 자리를 떠나자 할머니는 또 다른 직원을 붙잡고 자랑을 시작했다.

"내가 오랜만에 병원에 갔네……."

올해를 지나 110세가 되는 내년에도 할머니께서 저리 환하게 웃으시면 좋겠다.

작은 침대가
우주가 되는 순간

요양원 노인분들이 입는 옷 중에는 특이한 옷이 있다. 목부터 발목까지 통으로 연결된 옷이다. 등 뒤에 지퍼가 달려 있고, 한쪽 발목 안쪽에서 시작해서 사타구니를 지나 다른 발목 끝까지 연결된 지퍼가 하나 더 있다. 지퍼 끝에는 잠금장치가 있다. 이 옷은 스스로 입거나 벗을 수가 없다. 사람들은 이 옷을 우주복이라고 불렀다.

할머니는 무척 왜소한 편이었다. 저런 몸으로 어떻게 아기를 낳고 길렀을지 상상이 안 될 정도였는데, 그런 몸인데도 얼마 되지 않는 양의 미음조차 남기기 일쑤였다. 할머니의 몸에는 뼈와 가죽만 남아 있었다.

할머니는 하루의 대부분을 힘없이 침대에 누운 채로 보내다가도 늦은 밤이 되면 전혀 다른 모습으로 돌변했다. 조용했던 낮의 모습은 온데간데없어지고, 베개를 더 가져오라며 소리를 지르거나 침대 난간을 마구 흔들어 다른 노인들의 잠을 깨웠다. 가장 곤혹스러운 것은 착용하고 있던 용변 묻은 기저귀를 옷 밖으로 잡아 빼서 바닥에 내던져놓는 행동이었다. 결국, 할머니 앞에 우주복이 놓였다.

할머니가 움직일 수 있는 공간은 한 평도 안 되는 침대가 다였다. 할머니는 침대에 누운 채 틈이 없는 우주복 속으로 손을 집어넣으려고 부단히 애를 썼다. 가능하지 않은 일이었다. 애초에 그런 일을 방지하기 위해 만들어진 옷이기 때문이다. 우주복을 입지 않게 되면 할머니는 기저귀 속에 손을 넣어 내용물을 꺼낸 후 여기저기 묻혀놓을 것이었다. 할머니는 우주복을 벗기 위한 시도를 멈추지 않았지만, 벽에 똥칠하는 치매 노인을 마냥 보고만 있을 수 없는 요양원의 입장은 단호했다.

요양원에 입소하는 노인들이 증가하면서 노인들을 억제하는 방법 또한 다양해졌다. 우주복 외에도 치매 환자들의 이상 행동을 막기 위한 제품은 여러 가지가 있다. 손가락 사용을 억제하는 장갑, 팔목을 감싼 천에 끈을 매달아서 침대 난간에 묶을 수 있게 만든 팔

억제 용품, 휠체어에서 일어날 수 없도록 휠체어 팔걸이에 끼워 뒤쪽에서 벨트를 채우는 휠체어 식판 등 노인의 움직임을 제한하는 도구는 늘어갔다.

물론 노인에게 억제 용품을 사용할 때는 보호자의 동의를 구해야 한다. 다만 치매 노인 본인의 동의를 구하지는 않는다. 이런 신체 제재를 하는 가장 큰 이유는 노인의 안전을 위해서인데 할머니는 이해할 수 없다는 표정이었다.

"이것 좀 벗겨봐."

"안 돼요. 그러면 또 기저귀를 만지실 거잖아요."

"내가 왜 만져. 안 만져."

"가렵다고 심하게 긁으셔서 할머니 엉덩이에 상처가 셀 수도 없어요."

"내가 왜 긁어. 안 긁어."

하지만 할머니는 말과 달리 두 손이 자유로워지는 순간 자신의 몸에 상처를 내고 기저귀 안에 손을 넣을 것이었다.

"으악!"

짧은 비명에 직원들이 할머니 앞으로 모였다. 침대 시트 곳곳에 대변이 묻어 있었고, 할머니의 한쪽 손에는 옷 속에 있어야 할 일자

형 기저귀가 들려 있었다. 기저귀는 빨랫줄에 걸린 흰 러닝셔츠처럼 흔들리고 있었다. 우주복 바지 한쪽이 할머니의 허벅지 맨 위쪽까지 돌돌 말려 올라가 있었다. 허벅지 안쪽으로 금세 생긴 상처가 선명했다. 손톱자국이었다. 바싹 마른 탓에 우주복이 많이 헐거웠는데, 할머니는 그 점을 이용해 바지 밑단의 좁은 틈으로 손을 밀어 넣은 뒤 일사천리로 작업을 진행한 거였다. 할머니의 허벅지 끝까지 말려 올라간 바지 끝에는 미처 빼내지 못한 기저귀가 빼꼼 삐져나와 있었다.

한 직원이 한숨을 내쉬었다. 그는 할머니의 팔 한쪽을 침대 난간에 묶었다. 팔 억제 용품이었다. 우주복에 이어 할머니의 팔은 한 시간에 한 번씩 교대로 자유와 구속을 느낄 것이었다. 침대에 비스듬히 누워 있던 할머니가 우리를 보고 배시시 웃었다.

며칠 후 할머니는 도대체 어떻게 한 것인지 묶인 팔을 풀고 또 우주복 바지를 허벅지까지 올린 다음 기저귀를 꺼내서 바닥에 던져 놓았다. 할머니의 방은 온통 구린 냄새로 가득 찼다. 억제 방법이 늘어갈수록 할머니의 탈출 마술도 기술을 더해갔다. 난장판이 된 방과는 달리, 할머니는 편안한 얼굴로 침대에 누워 있었다.

이런 소식을 전해 들은 할머니의 딸이 말했다.

"엄마는 정말 깔끔한 사람이었어요. 한시도 청소하는 걸 쉰 적이 없었는데 그런 분이 어째서 그러시는 건지……."

이후로도 할머니의 청소, 아니 탈출은 계속되었다. 그래서 할머니는 오늘도 우주복을 입고 있다.

나는 어릴 때 텔레비전에서 보았던 마술쇼를 떠올렸다. 상자 속에 갇힌 채 칼을 밀어 넣어도 살아나 탈출하고, 상자를 둘로 나누어도 다시 몸을 합쳐 걸어 나오고, 온몸을 사슬로 묶어 물속에 던져 넣어도 빠져나왔던 금발의 마술사를. 어쩌면 할머니 입장에서 우리는 몸을 사슬로 묶고 상자에 자물쇠를 채우는 마술쇼의 악당일지 모르겠다. 할머니가 언제까지 탈출에 성공해서 방 안을 난장판으로 만들지는 모르겠지만, 부디 오래 건강하시길 빈다.

3부

기억은 잊어도 가슴에 새겨진

사랑은 잊히지 않습니다

그리움, 후회, 열망… 이름은 달라도
결국 단 하나의 기억으로 살아간다는 것

기억은 머리가 아니라
몸에 새겨진다

할머니는 복도에 앉아서 말없이 오가는 사람들을 살피며 두리번거렸다. 양반다리를 하고 등을 벽에 기댄 채였다. 누군가를 기다리는 모습이기도 했고 멍하니 허공을 바라보는 것도 같았다. 할머니와 원활한 대화를 나눌 수는 없었다. 큰 소리를 내도 할머니는 잘 듣지 못했다.

길가에 코스모스가 활짝 핀 날에 할머니 가족이 면회를 왔다. 딸과 손녀딸이었다. 딸은 동네 주민이어서 나와도 안면이 있던 터였다. 손녀딸은 20대 초반쯤으로 보였다.

"엄마, 나 왔어!"

딸이 엄마를 불렀지만, 할머니는 묵묵부답이었다.

"엄마, 나 누군지 모르겠어? 나 누구야?"

할머니는 처음 본 사람을 대하듯 딸을 쳐다봤다. 이미 할머니의 상태를 알고 있는 보호자였지만 서운한 기색이 역력했다. 딸은 못내 아쉬운 듯이 할머니 손을 잡고 말했다.

"우리 엄마, 딸도 몰라보고 어쩌나. 나야 ○○이."

할머니는 눈만 끔뻑일 뿐이었다. 옆에 있던 손녀딸이 거들고 나섰다.

"할머니, 저예요. 할머니 손녀딸! 맨날 할머니 무릎 베고 자던……."

그러더니 손녀딸은 덥석 바닥에 누워 할머니 무릎에 머리를 뉘었다.

그때 할머니의 손이 자연스럽게 손녀의 얼굴을 향했다. 기억이 머리가 아닌 손길에 남아 있는 듯, 할머니의 손은 손녀의 긴 머리카락을 한참 쓰다듬더니 이윽고 손녀의 가슴을 토닥거리며 조용한 소리로 노래를 부르기 시작했다.

"자장자장 잘도 잔다…… 우리 아가 잘도 잔다……."

그 모습에 딸은 한 손으로 입을 막고 고개를 돌렸다. 할머니 무릎을 베고 누운 손녀딸의 두 볼에도 눈물이 흘러내렸다.

어린 시절에 나는 할머니 손에서 자랐다. 엄마의 병 때문이었다. 나를 낳은 뒤 얼마 지나지 않아 폐결핵에 걸린 엄마는 병을 옮길까 두려워 아직 걸음마도 떼지 못한 나를 할머니에게 보내야 했다.

나는 할머니를 엄마로 생각하며 자랐다고 한다. 그때 나는 자주 할머니 무릎을 베고 누워 옛날이야기를 들었다. 할머니가 들려주었던 이야기는 흔히 떠올리기 쉬운 전래동화가 아니었다. 주로 동네에서 전해지는 무서운 이야기였다.

"옛날옛날에…… 니 아랫집에 사는 망태 영감 알제? 그 영감이 한밤중에 강가를 지나는데 언 여자가 물 가운데 있더라카이. 머리가 이케 길어가꼬 온 얼굴을 덮었다 안카나. 그걸 보고 망태 영감이 지도 모르게 실실 여자가 있는 물속으로 들어간기라. 물이 차가븐 것도 모르고 홀리가꼬. 그래 물이 목까지 차올랐는데 그때 저 뒤에서 누가 영감을 불렀다제. 그기 돌아가신 아부지였다카데. 퍼뜩 정신을 차린 영감이 죽기 살기로 강에서 기 나왔는데, 다시 뒤를 봉께로 그 여자가 어서 오니라…… 어서 오니라…… 하문서 손을 흔들고 있었다카데. 무섭제? 긍께 니 강에 들가면 큰일 난데이. 알았제?"

할머니의 옛날이야기는 매번 이런 식이었는데, 이제 와 생각해보니 무서운 이야기를 빌미로 내 안전을 지켜보겠다는 할머니 나름의 작전이었던 것 같다. 그런 무서운 이야기를 들은 밤이면 마당에 있는 화장실에 가기 위해서 나는 잠자던 할머니를 깨워야 했다. 귀신 이야기에 밤잠을 설치기도 했지만, 더없이 평안했던 할머니 무릎은 오래도록 잊히지 않았다.

요양원에서 할머니는 자장가를 부르지 않을 때면 천자문을 흥얼거렸다.

"하늘 천, 땅 지, 검을 현, 누를 황……."

천자문은 어릴 때 아버지에게 배웠다고 했다. 이런 내용은 한참의 소통 뒤에 알아낸 것이었는데, 100세 가까운 치매 노인이 아버지에게 배운 천자문을 기억하고 있다는 것에 나는 무척 놀랐다. 잊었지만 잊히지 않는 기억, 할머니에겐 천자문과 자장가가 그랬다.

아이들을 먹이고 재우던 할머니는 이제 다 자란 아이가 떠먹여주는 밥을 드신다. 할머니의 무릎을 기억하는 훌쩍 큰 아이가 할머니를 보살핀다.

나는 할머니 옆에 앉았다. 물끄러미 나를 쳐다보던 할머니가 내 머리를 쓰다듬었다. 복도에 쪼그리고 앉아 말없이 시간을 보내던 할머니 얼굴이 환해졌다. 그러고는 자신의 무릎을 툭툭 쳤다. 누워보라는 뜻이었다. 나는 할머니 무릎에 내 머리를 눕혔다.

"자장자장 우리 아가…… 잘도 잔다 우리 아가……."

할머니 입에서 자장가가 흘러나왔다. 할머니 무릎에서 머리를 드는 순간 할머니의 머릿속 녹음기는 작동을 멈추고 자장가를 중단할 것이었다.

그렇게 나는 이따금씩 할머니의 무릎을 베고 누웠다. 그녀가 나의 할머니는 아니었지만, 그 무릎을 베고 누우면 무서운 옛날이야기를 듣던 어린 시절과 할머니가 떠올랐다. 그녀가 거칠고 굽은 손으로 내 머리를 쓰다듬을 때, 내 가슴을 토닥거리며 자장자장 노래를 부를 때 하마터면 나는 잠이 들 뻔했다.

우리가 어른이 되어서도 할머니의 무릎을 잊지 못하듯이, 어쩌면 할머니의 무릎도 오래전 작은 아이를 잊지 못하고 있는 것은 아닐까.

텅 빈 침대에 앉아서,
어떤 위로도 할 수 없었다

노인은 항상 출입문 옆에 있는 긴 의자를 지키며 문을 뚫어지게 노려봤다. 허리가 굽어 고개도 덩달아 반쯤 수그러진 채였다. 언뜻 보면 어깨에 보이지 않는 무거운 짐을 짊어지고 앉아 있는 사람 같기도 했다.

삑, 삑, 삑, 삑. 띠리링!

비밀번호 누르는 소리가 들리고 이윽고 문이 열리면, 노인은 마른 두 손으로 양 무릎을 짚으며 힘겹게 허리를 곧추세웠다. 그런 다음 여전히 두 손을 무릎에 의지한 채로 몸을 일으키려 했는데, 그것이 쉽지가 않아서 입에서는 절로 "으으……" 소리가 새어 나왔다. 그런 식으로 완전히 일어서기까지는 한참이 걸렸고, 겨우 다 일어섰을 때에는 이미 문은 다시 닫혀버린 후였다.

　노인은 걸음걸이도 상당히 특이했다. 굽은 허리를 대신해 몸의 중심을 잡으려는 듯, 두 팔을 늘어뜨리고 손바닥을 활짝 편 상태에서 엄지 쪽을 허벅지 바깥쪽에 붙인 채로 걸었다. 그런 노인의 모습을 보고 다른 노인들은 펭귄이라 놀렸지만, 노인은 아랑곳하지 않고 뒤뚱거리며 걸어 다녔다.

　식사 시간만 빼고는 노인은 항상 출입문 옆 긴 의자에 앉아 있었다. 그것도 문과 가장 가까운 맨 끝 자리가 노인의 고정석이었다. 출입문이 열리면 노인은 상기된 표정으로 일어섰고, 문이 다시 닫히면 노인은 실망하며 앉았다.

　노인은 치매를 앓고 있었다. 느리지만 홀로 거동은 가능한 상태였다. 과거에 대한 기억은 있었지만, 현재 기억은 한 시간을 넘기지 못했다. 매일 보는 직원들도 알아보지 못할 때가 많았다.

　한 요양보호사가 의자에 앉아 문을 뚫어지게 보고 있는 노인에게 물었다.

　"할아버지, 어디 가시려고요?"

　두 무릎에 손바닥을 붙이고 언제라도 일어날 준비를 마친 노인이 말했다.

"아들한테⋯⋯ 가야지⋯⋯ 아들한테⋯⋯."

노인에게는 아들 한 명이 있다고 했다. 아내는 그 아들을 낳다가 세상을 떠났고, 그 뒤로 줄곧 홀로 아들을 키웠다고 했다. 노인은 아들 자랑이 대단했는데, 마치 한 평생의 삶에서 자랑할 것이라고는 오직 아들밖에 없는 것 같았다. 평소에는 아무 표정이 없다가도, 다른 사람에게 아들 자랑을 할 때만큼은 얼굴에서 빛이 났다. 그 자랑스러운 아들이 낳은 두 아이, 그러니까 손자들 이야기까지 나오면 노인은 흔치 않은 웃음까지 보여주었다. 하지만 근래에 노인의 얼굴에는 웃음기가 싹 사라졌는데, 그 아들의 발걸음이 딱 끊겼기 때문이다. 노인이 하루 대부분을 출입문 옆에서 보내는 까닭이다.

모처럼 양복을 입었다. 푸른색 넥타이를 매고, 나는 거울 앞에서 옷매무새를 다듬었다. 조금 긴장이 되었다. 하지만 수백 명의 노인을 만나며 또 그만큼의 표정을 지을 수 있는 내가 아니던가.

도둑이 들었다며 경찰을 부르는 할머니에게 나는 경찰관이었으며, 자신의 방에 월세도 내지 않고 들어와 살고 있다며 옆 침대 환자를 괴롭히는 할아버지에겐 정확한 계약서를 내어주는 공인중개사가 되기도 했고, 무조건 약을 달라고 떼쓰는 할머니에겐 비타민 한 알로 모든 병을 고치는 유능한 의사로도 변할 수 있는 나였다. 나는 꽤 능숙한 연기자였다.

한편으로 이렇게까지 해야 하나 싶은 생각이 들었지만 매일 풀 죽어 있는 노인의 모습을 떠올리며 마음을 다잡았다. 심호흡을 한 번 한 뒤, 요양원 출입문의 비밀번호를 눌렀다. 문이 열리면 노인은 항상 그랬던 것처럼 "으으……" 소리를 내며 몸을 일으킬 것이었다.

"아버지, 저 왔어요."

몸을 반쯤 일으키다가 으레 포기의 자세를 취하던 노인이 반쯤 감긴 눈을 번쩍 떴다. 입은 헤 벌리고 놀란 표정이었다. 그는 엉거주춤한 자세로 앉지도 못한 채 떨리는 목소리로 말했다.

"네가…… 네가…… 드디어 왔구나. 네가 왔어."

노인과 나는 부둥켜안은 채 얼굴을 비비며 오래간만의 재회를 한참이나 이어갔다.

노인과 작별 인사를 하고 요양원을 나선 뒤, 나는 다시 유니폼으로 갈아입고 돌아왔다. 역시 노인은 한 시간 전의 사내와 한 시간 후의 나를 구별하지 못하는 눈치였다.

노인에게 물었다.

"아드님이 오랜만에 왔다 가셨다면서요? 좋으셨겠어요!"

잠시 노인은 말이 없었다. 그러더니 얼굴에 엷은 미소를 띠며 말했다.

"그게…… 내 아들이 아니야."

나는 당황한 기색을 애써 숨기고 물었다.

"네? 그럼 왜 아들이라며 부둥켜안고 그러셨어요?"

노인은 잠시 허공을 바라보다 싱긋이 웃었다.

"젊은 사람이 안됐잖아. 무슨 병이 들었는지, 제 아비 얼굴도 잊고서 나를 아버지로 알고 그리 좋아하는데……. 그런 사람한테 나는 네 아버지가 아니다 할 수 있나? 그치만 나도 모처럼 우리 아들이 온 것처럼 좋았구먼."

노인을 속이는 일은 완벽하게 실패로 끝났다. 노인의 출입문 옆 자리 지키기는 이후로도 한동안 계속되었다.

그해 가을에 며칠 가쁜 숨을 몰아쉬던 노인의 침대가 텅 비어버린 날이었다. 한 남자가 노인이 떠난 침대에 앉아서 흐느끼고 있었다. 그는 고라니처럼 울었다. 나는 어떤 위로도 할 수 없었다.

요양원 비용을 장기 체납하는 보호자가 종종 있다. 그런 경우, 돈을 못 내게 되면 열에 아홉은 발걸음을 끊는다. 미안해서. 심정은 충분히 알겠다. 그렇지만 아무리 그런 상황이더라도 그러지 않기를 바란다. 노인들은 그저 자식 얼굴을 보고 싶은 것이다. 창밖만, 혹은 출입문만 바라보고 있는 노인들의 얼굴에 오늘은 반가운 일이 생기기를 바라본다.

요양원 정원에는 까마귀와 까치가 함께 산다. 오늘은 누가 노래할까.

너를 바닥에
내리지도 않고 키웠다

야간 근무를 하던 그녀의 얼굴이 평소와 달랐다. 나는 무슨 걱정이 있느냐고 물었다. 그녀는 치매 진단을 받은 엄마 때문이라고 했다. 그녀는 치매 환자를 돌보는 경력 8년 차 요양보호사였다. 그녀는 치매에 대해 잘 알고 있었다.

그녀의 엄마는 19년 전에 뇌출혈로 쓰러졌다고 한다. 그 일로 엄마는 몸의 왼쪽이 마비되었다. 다행히 몇 년간의 재활 운동으로 혼자 거동이 가능할 정도로 회복되었는데 왼쪽 다리는 여전히 불편한 상태라고 했다. 뇌 병변 장애 등급을 받았지만 치매 증상은 없었는데, 일 년 전부터 이상한 말과 행동을 하기 시작했다. 눈앞에 자신의 물건이 보이지 않으면 누군가 훔쳐 갔다는 의심이 늘어갔고, 평소의 모습과 달리 엄마의 말속에 듣지도 보지도 못한 욕이 섞여 나오기도 했다.

그녀는 엄마의 변화를 금세 알아차리지 못했다. 가족이 치매 환자라는 것을 인정하기는 쉽지 않다. 그녀는 늘상 많은 치매 환자를 보면서도 엄마가 치매에 걸릴 것이라고는 생각하지 않았는데, 얼마 전 치매 판정을 받은 것이었다.

치매라는 병은 엄마를 낯선 사람으로 만들었다. 일상의 사소한 일들을 모두 챙겨드려야 했다. 엄마는 씻고, 먹고, 옷을 입고, 화장실 이용하는 법을 잊어버리는 중이었다. 엄마는 점점 아기가 되어갔다.

엄마를 떠올리던 그녀가 희미하게 웃었다. 치매로 인해 엄마에 대해 몰랐던 사실을 안 것은 다행이라고 했다. 치매 때문에, 엄마의 잊힌 기억 하나를 꺼낼 수 있었다고 한다.

엄마는 치매 진단 검사를 시작하자 그 얘기부터 꺼냈다.

"나는 열일곱 살에 시집을 갔어요. 남편은 첫날밤을 보낸 후 군대에 가게 되었는데 하필 전쟁 때였지요. 아무것도 모르는 나를 시부모님은 무척 아껴주었어요. 시집살이라는 말을 나는 모르고 살았어요."

그녀는 생생하게 과거를 기억하고 있었다. 조리 있고 차분한 모습이었다. 건강한 모습으로 만나자던 남편은 전쟁이 끝나도록 소식이 없었다. 군대에 간 지 3년이 지나도 남편이 돌아오지 않자 시부모님이 그녀를 불렀다.

"아무래도 우리 아들은 죽은 것 같구나. 3년이나 무소식이니. 이제 너는 친정으로 돌아가서 네 살길을 찾으려무나."

그녀는 한 번 시집을 왔으니 죽어도 이 집 귀신이 되겠다고 답했다. 며칠 후에 시부모님은 보따리 하나를 들려서 그녀를 친정집에 데려다주었는데 그녀는 하루도 지나지 않아서 시부모님 앞에 무릎을 꿇었다. 시부모님도 더는 그녀에게 떠나라는 소리를 하지 않았다.

어느 날 한 사내가 그녀 앞에 나타났다. 피부는 햇볕에 그을려서 가마솥 같은 빛깔이었고, 머리카락은 언제 다듬었는지 모를 정도로 봉두난발이었다.

다름 아닌 그녀의 남편이었다. 남편은 입대 후에 부대원 몇 명과 탈영을 했다고 한다. 전쟁이 끝난 후 탈영병의 신분으로 집에 돌아올 수 없었던 남편은 이리저리 떠돌다가 이 사실이 발각되어 여러 부대를 전전하며 남은 복무 기간을 채웠는데, 급기야 제주도까지 끌려가서는 거기서 제대를 하고 돌아올 수 있었다고 했다.

그녀는 방에 놓아두었던 남편의 사진과 그 앞에 놓인 밥공기를 서둘러 치웠다. 죽었다던 남편이 8년 만에 돌아왔다.

　얼마 후 그녀는 사내아이를 낳았다. 그 무렵 그녀는 20대 후반이었는데, 당시 분위기에 비하면 늦은 출산이었다. 하지만 아들은 세상에 오래 머무르지 못했다. 시름시름 앓더니 세 돌을 넘길 무렵 죽고 말았다. 그녀는 아들이 왜 죽었는지조차 알 수 없었다. 아이들이 작은 몸만큼이나 짧게 살다가 떠나는 일이 흔할 때였다.

　그녀는 첫째 아이를 보낸 후 일 년 뒤 다시 아이를 가졌는데, 이번엔 딸이었다. 그녀는 또다시 아이를 잃지 않기 위해, 그녀의 표현을 빌리자면, 딸을 바닥에 내리지도 않고 키웠다. 그리고 결국 그 딸을 예쁘고 건강하게 지켜냈다.

　여기까지가 치매에 걸린 엄마가 선명하게 떠올리는 기억이었다. 엄마의 다른 시간은 치매가 지워가는 중이지만, 이 기억만은 지켜내고 있었다.

　엄마의 치매 이야기를 전하며 요양보호사가 말했다.

　"나를 바닥에 내려놓지도 않고 길렀대요. 엄마가 그런 표현을 하는 것은 정말 처음 들어봤어요. 치매에 걸리기 전에는 그런 낯 간지러운 이야기는 도통 할 줄 모르시는 분이었거든요."

　그녀는 씁쓸한 소식을 전하면서도 웃었다. 치매도 어쩌지 못한 엄마의 기억을 이제 그녀는 오래도록 사랑할 것 같았다.

　그녀는 근무하는 틈틈이 엄마를 모실 요양원을 찾았다. 24시간 엄마를 돌보는 일에 요양원이 더 적합하다는 것을 아는 그녀였다. 그녀는 걱정 가득한 얼굴이었지만 슬퍼 보이지는 않았다. 엄마가 그녀를 바닥에 내려놓지도 않고 길렀듯이 그녀 또한 엄마를 지켜낼 것이다. 그녀는 이미 엄마의 엄마가 된 것 같았다.

쳇바퀴 돌리는
삶일지라도

바람이 부쩍 차가워졌다. 초저녁 하늘이 쉬이 어두워지는 때다. 요양원에서 지내는 노인들의 관절이 삐걱대는 소리가 커지는 계절이기도 하다. 짧게는 50여 년에서 길게는 100년이 넘도록 혹사당한 노인들의 몸은, 아직 움직이는 게 신기할 정도로 매서운 시절을 관통한 증거들이 무수히 남아 있다.

한 할머니는 손가락이 모두 시계 방향으로 휘어져 있다. 텅 빈 운동장 구석에서 홀로 맴도는 바람처럼, 할머니의 손가락은 소용돌이치듯 한쪽으로 비틀려 있다. 마디마디 굳은살이다.

할머니는 배곯이가 힘들어 시집을 갔다고 했다. 그런데 시집을 가보니 하필 거기도 가난한 집이었다. 가난했던 남편은 색시를 데려오느라 더 가난해진 터였다. 졸지에 더 가난해진 책임의 근원이 된 할머니는 열일곱의 나이로 닥치는 대로 일을 해야 했다. 열심히 사는 모두가 사정이 나아지면 좋을 텐데, 그때나 지금이나 노력한다고 다 좋아지는 건 아닌가 보다.

아들 다섯을 낳고 '밥은 굶지 않겠구나' 생각할 때쯤 남편이 병을 얻었다. 끝내 남편은 일어나지 못하고 베개에 피를 토하고 죽었다. 이번엔 남편 잡아먹은 여자라는 누명을 써야 했던 할머니는 어떤 일이 있어도 아이들만은 지켜낼 거라고 이를 악물었다. 할머니는 남편의 지게를 지고 나무꾼이 되었다.

할머니는 건장한 사내들처럼 지게를 가득 채울 수 없었다. 도끼로 나무를 내려치다가 자루를 부러뜨리기 일쑤였고, 도낏자루를 손에서 놓쳐 도끼를 잃어버릴 때도 있었는데 그뿐이었다. 금도끼, 은도끼는 동화 속 이야기였다. 산신령은 나타나지 않았다.

굵은 장작을 파는 나무장수는 너무 많았다. 할머니는 그들과 경쟁 상대가 되지 못했다. 어느 날 한 여인이 장작을 파는 사람들에게 불쏘시개로 쓸 만한 나무는 없냐고 물었다. 이 말을 들은 할머니는 무릎을 쳤다. 아이들과 살아남기 위해 고심하던 할머니는 마침내 나무 장사의 틈새시장을 발견하게 된 것이다. 할머니는 불쏘시개로 쓰기 알맞은 잔가지들을 칡넝쿨로 묶어 한 단씩 만들어 팔기 시작했다. 할머니의 나무는 특히 부엌살림을 하는 여자들에게 인기가 좋았다. 게다가 가격이 저렴해서 다른 나무꾼들은 덤벼들지도 않았다.

나무 한 단을 만들 때 칡넝쿨을 시계 방향으로 계속 돌려 매듭을 지었는데, 수십 년이 지나자 할머니의 손가락도 칡넝쿨처럼 동그란 매듭이 되어버렸다.

할머니는 두 다리가 불편해서 휠체어를 사용한다. 휘어진 손가락에 힘이 없어 직접 휠체어를 움직일 수도 없다. 그런데도 할머니는 "고마워"라는 말을 입에 달고 산다. 마른 고목처럼 굳어버리고 휘어버린 할머니의 몸을 보면, 가슴속에 슬픔만이 남은 것 같은데도 할머니는 늘 이만하면 괜찮다고 한다.

그녀의 다섯 아들은 잘 자랐을까. 나는 자주 하늘이 하는 일을 이해하기 어렵다. 다섯 아들 중 셋은 사고와 병으로 할머니를 앞서 세상을 떠났다고 한다. 떠난 자식 이야기를 털어놓는 할머니의 얼굴은 별다른 표정 변화가 없다. 오히려 할머니는 깊은 바다색 같은 눈빛으로 나를 향해 희미한 웃음을 지어 보였다. 나이가 들면 눈물도 마르는 것일까. 문득 할머니의 손을 잡아드리고 싶어 시선을 내려보니, 그곳에선 눈물 대신 마른 넝쿨 같은 손가락이 파르르 떨리고 있었다.

며칠 뒤 할머니의 손자, 손녀들이 면회를 왔다. 대학생이라고 했다. 길고 뽀얀 아이들의 손가락이 할머니의 휘어진 손을 감싸 쥐었다. 할머니의 손가락이 아이들 손바닥 안에서 배시시 웃는 것 같았다. 주름진 할머니 얼굴이 오랜만에 동그랗게 피었다. 이가 없어서인지, 고생을 많이 해서인지 할머니들은 얼굴이 다 동글동글하다.

떠나보내는 아픔이 있고 찾아오는 기쁨 또한 있다. 거부할 수 없는 삶의 모습이다. 병원에서 치료 중이던 어르신의 부고가 전해졌다. 그런가 하면 오늘 새로 요양원에 온 어르신도 있다. 나는 처음 보는 할아버지의 손을 덥석 잡았다. 할아버지의 손이 따듯했다. 할아버지가 어색하게 웃었다. 우리는 한참 손을 마주 잡고 있었다. 이 손은 또 어떤 사연을 말해줄까.

쳇바퀴 돌리는 듯한 삶일지라도 나는 기꺼이 내일을 기다릴 요량이다. 밖에서 고양이들이 앙앙거린다. 어디에선가 새 생명이 태어나는 모양이다.

마지막 소원은
엄마에게 가는 것이다

할머니 한 분이 휠체어 바퀴를 굴리며 복도를 왔다 갔다 했다. 꽤나 빠른 속도였다. 할머니 이마에는 땀까지 맺혀 있었다. 어깨를 지나는 반백의 머리카락을 뒤쪽으로 팽팽하게 당겨 꽁지를 만들어 묶고, 머리 곳곳에는 실핀으로 잔머리까지 깔끔하게 정돈한 할머니는 금테 안경을 코끝에 얹은 채 휠체어를 바쁘게 움직이고 있었다.

나는 잠시 할머니를 가로막고 어디에 가시냐고 물었다. 그러자 할머니가 아이처럼 나를 올려다보며 말했다.

"엄마한테 가요."

올해 87세인 할머니다. 할머니의 엄마라면, 설령 살아 계신다 하더라도 100세가 훌쩍 넘었을 것이었다. 나는 할머니의 생존 가족이 아무도 없다는 것을 알고 있었지만, 잠시 할머니를 쉬게 할 요량으로 말을 이어갔다.

"엄마가 어디 계신데요?"

할머니는 조금의 망설임도 없이 대답했다.

"양양에 있어요."

나이 어린 사람에게도 늘 존댓말을 하는 할머니였다. 양양은 할머니가 태어나고 어린 시절을 보낸 고향이었다.

그녀의 가족들은 강원도 양양에서 여관을 운영했다고 한다. 할머니를 돕는 복지기관 담당자로부터 들은 이야기다. 전쟁이 나자 가족들의 의견이 나뉘었다. 다른 사람들처럼 피난을 떠나야 한다는 부모님과 터전인 여관을 지키겠다는 할머니의 의견이 부딪혔다.

"다 죽어가는 늙은이를 그놈들이 어쩌기나 하겠니? 내 걱정은 말고 너희들이나 어서 떠나거라."

결국 그녀의 할머니만 여관에 남고 부모님과 오빠, 언니, 동생까지 온 가족이 피난길에 올랐다.

양양에서 출발하여 남쪽으로, 또 남쪽으로 그녀의 가족들은 수많은 피난민들의 틈바구니에서 한없이 걸었다. 같이 걷던 낯모르는 사람들이 한순간에 죽기도 했고, 그러면 산 사람들은 죽은 사람을 버려둔 채 길을 떠나야 했다.

그 난리 통에 할머니는 가족들과 헤어졌다. 폭격을 피해 도망치는 사람들 속에서 그만 엄마의 손을 놓친 것이었다. 할머니의 나이여덟 살 때였다. 눈물범벅이 되어 할머니는 사람들을 따라 무작정남쪽으로 향했다. 이름도 기억나지 않는 도시에서 배가 고팠던 어린소녀는 사람들이 북적거리는 허름한 집으로 들어섰다. 국밥을 파는곳이었다. 그때부터 할머니는 국밥집에서 잔심부름이나 허드렛일을 하며 생활했는데, 여덟 살부터 시작된 식당 일은 그 후로 10년 동안이나 계속되었다. 처음에는 밥을 굶지 않는 것만으로도 다행이라생각했다. 하지만 세월이 흘러도 제대로 된 임금조차 받지 못했던할머니는 열여덟 살이 되던 해에 주인이 잠든 새벽 시간을 틈타 식당을 도망쳐 나왔다.

할머니가 정확히 기억하고 있는 것은 양양이란 도시 이름뿐이었다. 어린 시절의 희미한 기억을 더듬어 양양의 고향 마을에 간신히 도착해보니, 할머니가 살던 동네의 모습은 많이 변해 있었다. 하지만 할머니의 기억 속 모습과 똑같은, 변하지 않은 건물을 찾을 수있었다. 바로 부모님이 운영하던 여관 건물이었다.

아빠는 피난길에서 어린 딸의 손을 놓친 이후로 한시도 딸을 잊어본 적이 없다고 했다. 전쟁이 끝난 후에 양양으로 돌아온 아빠는 쉬지 않고 딸을 찾아 헤맸다. 아빠는 10년 만에 만난 딸을 금세 알아 봤다. 그곳엔 아빠와 할머니만 있었다. 함께 피난을 떠났던 오빠와 언니, 동생은 그녀와 마찬가지로 난리 통에 손을 놓쳐 생사를 확인 할 길이 없었다. 엄마 역시 폭격으로 죽었다고 했다. 아빠는 엄마의 뼛조각 몇 개를 보관하고 있었는데, 어린 딸을 찾은 뒤에야 비로소 엄마의 장례를 치렀다. 엄마는 할아버지 무덤 아래에 묻혔다.

폭격 때 생긴 상처 때문에 건강이 좋지 않았던 아빠가 돌아가신 후 그녀가 여관을 물려받았다. 전쟁 중에도 끝내 여관을 지켰던 그녀의 할머니만이 그녀 곁에 남았는데, 오래지 않아 할머니도 돌아가시고 그녀는 다시 혼자가 되었다.

홀로 여관을 운영하며 외롭게 지내던 할머니는 느지막이 한 남자를 만났다. 그러나 할머니가 치매에 걸리자 남자는 할머니의 재산을 빼돌리기 시작했고, 물려받은 여관이 헐값에 넘어갔다는 것도 할머니는 알지 못했다. 더군다나 할머니는 그 헐값의 돈조차 손에 쥐어보지 못했다. 그 남자는 할머니의 요양원 서류에만 몇 줄의 문장으로 남아 있는데, 이제 할머니는 한때 사랑했던 그 남자가 누구인지도 기억하지 못한다.

모든 재산을 잃은 할머니는 기초생활수급 대상자가 되었다. 그리고 요양원에 입소했다. 나중에 복지기관의 담당자가 할머니의 전후 사정을 알게 된 후 남자를 상대로 소송을 제기해 할머니 재산을 회수할 수 있도록 도왔다. 하지만 할머니가 돌려받은 돈은 아주 일부분일 뿐이었다.

이 일로 할머니 통장에 수천만 원의 현금이 들어왔는데 이 때문에 할머니의 기초생활보장 수급자 자격이 사라졌다. 현재 할머니의 남은 돈은 요양원 비용과 약값, 병원비 등으로 빠르게 사라지고 있다. 할머니의 통장 잔고가 더 줄어들면 다시 수급자 신청을 할 수 있다고 한다.

나는 할머니에게 물었다.

"엄마가 양양 어디에 계신데요?"

할머니는 우물쭈물했다. 할머니의 치매는 빠르게 진행 중이었다. 얼마 전까지만 해도 스스로 화장실에 다니던 할머니는 요즘 기저귀를 사용하고 있다.

"다 같이 모여 있어요. 아빠랑 엄마, 할머니, 할아버지, 우리 가족이 모두 같이 있어요."

할머니는 모처럼 목소리에 힘을 내어 말했다.

"돌아가셔서 묻힌 산소를 말씀하시는 거죠?"

내 질문에 할머니는 눈을 두어 번쯤 끔뻑거렸다. 그러고는 고개를 끄덕였다.

"꼭 한 번이라도 엄마가 보고 싶은데, 양양에 가야 하는데……."

할머니의 휠체어가 다시 움직이기 시작했다. 일자로 긴 요양원 복도 끝에는 비밀번호로 잠긴 문이 있다. 휠체어 바퀴를 굴리는 할머니의 두 팔은 아랑곳하지 않고 바쁘게 움직였다. 복도 끝에 다다르면 할머니는 다시 몸을 돌려 이쪽 끝으로 돌아올 것이다. 할머니는 갈 때도, 돌아올 때도 양양을 향해 가고 있었다.

할머니의 마지막 소원은 엄마에게 가는 것이다.

낫지 않는
그녀의 아픈 손가락

어김없이 그녀의 머리맡에 보따리가 놓였다. 붉은색 보자기로 야무지게 매듭까지 단단히 묶어놓은 짐 보따리다. 큼직한 늙은 호박 같기도 하다. 늙은 호박 속에는 긁어낼 호박씨 대신 옷가지들이 잔뜩 들어 있다. 그녀가 삶을 떠나며 남기고픈 것들이다. 그녀는 홀로 사는 막내딸에게 전해달라는 유언을 매일 밤 남기는 중이다. 보따리는 그녀의 유품이었다.

그녀의 나이는 아흔이 훌쩍 넘었고, 그녀에게는 일곱 명의 자녀가 있다고 했다. 마흔이 넘어 막내딸을 낳았는데 이 막내딸을 그녀는 자주 걱정했다.

그녀의 흐릿한 기억에 의하면 그녀는 쉴 새 없이 일을 다녔기 때문에 막내딸을 한 번도 업어준 적이 없었다. 설날에는 아이들 옷을 사주었는데 매번 큰 아이들 옷을 샀고 막내딸은 언니들 옷을 물려 입어야 했다. 그래서 막내딸은 새 옷을 입어본 적이 없었다.

사실 이런 일은 60~70년대에 태어난 이들에게는 흔한 일이었다. 내게도 익숙한 일이었다. 가족뿐만 아니라 때로는 동네의 부유한 집에서 나눠주는 옷을 입기도 했다. 나는 누군가의 옷을 물려 입었던 일을 대수롭지 않게 여겨 어렴풋하게만 기억하고 있는데, 그녀는 치매로 대부분의 기억이 지워진 상황에서도 끝내 막내딸에게 새 옷 한 번 입히지 못한 일을 잊지 못하고 있었다. 그녀의 기억 속에는 새 옷을 입지 못해서 아궁이에 장작을 던져 넣으며 울고 있던 막내딸의 모습이 시간이 지날수록 오히려 선명하게 떠올랐다.

그녀의 막내딸은 이제 쉰 살이 넘어가는데, 그녀의 기억 속에서 막내딸은 여전히 10대에 머물러 있다. 언니들의 색 바랜 원피스를 물려 입던 작은 소녀, 공책 한 권 여유롭게 써보지 못한 조용한 아이는, 가난한 집안의 일곱째 막내로 태어난 딸은 그 옛날이나 지금이나 언제까지고 그녀의 아픈 손가락이었다.

또 딸이냐고 타박하던 시어머니는 작은 아이에게 부지깽이를 휘두르기 일쑤였다. 뭘 잘못했는지도 모르고 훌쩍이던 막내를 그녀는 안아줄 수가 없었다. 밥 굶지 않으면 다행이던 시절에 그녀가 막내딸을 위해 할 수 있는 일은 닥치는 대로 일하는 것뿐이었다.

그녀는 소나무 껍질 같은 손바닥으로 매일 밤 막내딸에게 남길 옷을 준비한다. 옷장을 뒤져서 자신이 가지고 있는 옷 중에서 제일 비싸 보이는 옷을 꺼낸다. 요양원에서 간식이 나올 때마다 서랍에 숨겨놓았다가 옷 보따리 한쪽에 간식을 끼워 넣는다. 그런 뒤에는 이 모든 것을 막내딸에게 전해달라는 유언을 남기고는 보따리를 머리맡에 두고 잠이 든다.

그녀가 매일 밤 남기는 유품은 그녀가 깊은 잠에 빠지면 다시 원래의 자리로 돌아간다. 보따리 안에는 50대가 입기엔 무리일 것 같은 할머니 옷들과 양말 두어 켤레, 휴지로 칭칭 싸매놓은 빵이나 사탕이 들어 있다. 막내딸에게 무어라도 챙겨주고 싶은 그녀의 마음이다.

언젠가는 그 보따리가 그녀의 진짜 유품이 될 것이다. 그러나 아직은 아니다. 그녀는 매일 밤 짐을 싸고, 나는 매일 밤 다시 짐을 푼다. 옷이야 옷장에 있든지 보따리에 있든지 상관없지만, 상할 수 있는 음식은 그대로 둘 수 없기 때문이다. 다행히 아침에 눈을 뜨면 그녀는 밤사이 사라진 보따리를 기억하지 못한다.

50대 초반의 막내딸이 그녀의 걱정처럼 정말 가난한 건지 그렇지 않은지는 알 수 없다. 치매를 앓고 있는 그녀의 기억은 자주 왔다 갔다 하는데 매번 설명이 조금씩 달라지기 때문이다. 하지만 그녀가 떠올리는 어린 막내딸에 대한 미안함은 한결같다. 그녀는 사탕 한 알, 빵 한 조각도 자신의 입에 넣지 않고 감춰둔다.

오늘 밤에도 할머니의 침대 한쪽에는 커다란 붉은 호박이 달릴 것이다. 그러면 나는 또 몰래 호박 속을 파낼 것이다. 상한 빵은 버리고 옷가지는 원래 있던 곳으로 돌아가겠지.

매일 그녀는 처음인 것처럼 유품을 남기는데, 그녀의 아픈 손가락은 내내 낫지 않고 있다.

사랑 못
이야기

"호 불면 날아갈까, 부서질까, 그렇게 그 양반은 내를 아껴줬구먼."

할머니는 자신의 오른팔을 톡톡 치며 말했다. 할머니는 평생 남편의 팔을 베고 잤다고 덧붙였다.

중매로 결혼하는 것이 당연하던 시절에 할머니에게 첫눈에 반한 남편은 일 년을 아버지에게 매달렸다고 한다. 할머니는 "절대 시집가지 않겠다"고 선언했지만, 남편의 끈질긴 구애를 지켜보며 "사흘만 살아보고 아니다 싶으면 돌아올 거야!" 큰소리치며 시집을 갔단다. 하지만 할머니는 사흘이 지난 후에도 집으로 돌아오지 않았다. 할머니는 사흘이 아니라 첫날부터 너무 행복했다며 웃었다.

"다른 집 사내들처럼 '야, 밥 차려라' 이런 소리 한 번을 안 했어.

내캉 말을 놓아본 적이 없었구먼."

두 분은 서로 반말을 하지 않았다고 한다.

"와, 점잖으셨군요."

"하모 점잖다마다. 내는 잡수시오, 그 양반은 먹읍시다, 그랬지."

오랜만에 생기가 도는 할머니를 보며 나는 질문을 계속했다.

"할아버지가 할머니를 뭐라 부르셨어요?"

"옥아, 옥아! 이리 불렀제."

호적 이름과는 달랐지만, 할아버지는 할머니를 꼭 옥이라 불렀다고 한다. 남편 이야기에 할머니의 눈빛이 모처럼 반짝였다. 창백했던 두 볼에 발그레 혈색이 돌았다. 할머니 사랑은 현재 진행형처럼 보였다.

"할아버지는 어쩌다가 돌아가셨어요?"

"갑자기 배가 아프다 캤어. 어데 아프단 소리를 하지 않던 양반이었거든. 부리나케 병원엘 갔제. 그런데 이거저거 검사를 받고 돌아오는 길에 집 앞 골목에서 고마 쓰러져버렸구먼. 위암 말기라 카데. 그런데도 그 양반이 다시는 병원에 안 갈라 하는기라. 죽어도 집에서 죽는다꼬. 돌아가시는 날까지도 내한테 팔베개를 해주고는, 그렇게 가부렸어. 나이 예순여덟에."

"벌써 20년 전이네요. 그동안 할머니 마음 많이 아프셨겠어요."

"처음엔 가슴에 구멍이 뚫리고 대못이 박힌 거 같았제. 아주 말도 못 했어. 그런데 시간이 지나면서 알겠더라고. 가슴에 못 하나가 박히긴 했는데, 그 못이 내를 아프게 하는 기 아니고 내를 살게 하는 사랑 못이란 걸."

나는 정말 모르겠다는 표정을 지으며 물었다.

"네? 가슴에 박힌 못이 어떻게 할머니를 살게 한다는 거예요?"

"그 양반이 내한테 준 사랑이 두고두고 떠올랐다 아이가. 그 양반은 황망하게 갔어도, 그 사람하고 지내던 시절의 추억이 떡하니 가슴에 못으로 박혀서는 내를 살 수 있게 해주더라고. 그때 알았제. 떠났다고 다 끝이 아니란 걸 말이여."

나는 할머니의 지난 시간을 생각하며 문득 할머니의 젊었을 때 모습을 떠올렸다. 치아가 없어 발음이 새고 호흡이 가빠서 말을 길게 하지 못하는 할머니의 목소리가 어쩐지 젊은 여인의 말처럼 낭랑하게 들리는 것 같았다.

"내가 퇴근을 조금 늦게 할 때면 남편은 집 앞 골목길 끝에 서 있었어요. 멀리 내 모습이 보이면 남편은 흠흠 헛기침을 했는데, 혹여 내가 놀라기라도 할까 염려해서였죠. 남편은 슬쩍 주위를 돌아보고는 내 어깨를 감싸 안고 집으로 들어갔어요. 한번은 첫애가 뇌수막

염에 걸렸는데, 내가 아기를 보살피다 쓰러지자 남편은 한 달을 아기 옆에서 간호했어요. 나는 손도 대지 못하게 하고. 근 70년 전인데도 남편은 꽤 로맨틱한 사람이었어요."

할머니의 기억은 여기까지다. "호 불면 날아갈까"로 시작해서 가슴에 박힌 사랑 못 얘기를 지나 첫아기의 뇌수막염까지가 이야기의 끝이다. 그러면 할머니는 다시 초점 없는 눈빛으로 허공을 바라본다. 어느 정도 시간이 지나면 할머니의 이야기는 다시 시작되는데, 손바닥 하나를 펼치고 입술을 모아 "호~" 부는 시늉을 한다. 너무나 행복한 표정으로.

어떤 이들은 또 같은 얘기라며 지겨워하지만, 나는 들을 때마다 기분이 좋다. 매번 듣는 이야기인데 눈물이 날 때도 있고.

할머니 가슴에 박힌 사랑 못이 뽑히지 않기를 바란다. 이 땅에 계시는 동안 사랑 못 이야기 실컷 하다가 하늘에서 남편과 만나면 그때 그 사랑 못, 남편이 뽑아줄 테지. 오늘도 아마 할머니의 이야기를 두어 번은 더 듣게 될 것인데, 난 또 감동하고 말 것 같다. 사랑 못 이야기에.

수프가 식지 않는
거리

"어떤 곳이 좋은 요양원인가요?"

요양보호사로 일하고 있는 내게 사람들이 자주 묻는 말이다. 몇 년 전 같으면 꽤 복잡한 리스트를 설명했을 테지만 지금은 간단하게 대답한다. 얼마 전 요양원에 입소한 할머니의 변화를 지켜보며 더욱 확신하게 되었다.

딸과 함께 요양원에 들어선 할머니가 휠체어를 탄 채로 조심스레 주위를 두리번거렸다. 얼굴에는 그림자가 가득했다. 딸 또한 애써 태연한 척 미소를 지었지만, 근심은 그대로 얼굴에 드러나 보였다.

할머니는 왼쪽 팔과 다리에 마비가 온 상태였다. 주먹을 꽉 쥔 왼쪽 손을 펴지 않아서 자주 짓무른다고 했다. 그렇다고 오른손의 움직임이 원활한 것은 아니었다. 오른손에는 흰 장갑을 끼고 있었다. 무의식 중에 자꾸 긁어서 몸에 상처를 내기 때문이라고 딸이 설명했다. 할머니는 전혀 걸을 수 없었고 기저귀를 착용하고 있었다. 천주교 신자인 할머니 세례명은 '마리아'인데 나의 엄마 세례명과 같았다. 할머니는 나의 엄마보다 한 살 아래였다.

상담실로 자리를 옮긴 할머니는 쉬지 않고 두리번댔다. 형광등 불빛 아래에 앉은 백발에 가까운 할머니 머리카락이 더 하얗게 보였다. 낯선 사람들의 질문이 쏟아졌다. 할머니는 질문 대부분에 묵비권을 행사했는데 간단하게 '네, 아니요'라고 답할 수 있는 질문에만 반응을 보였다.

"여기가 어딘지 아세요?"

"몰라요."

"이분은 누구세요?"

"딸."

이런 식이었다.

딱 한 번 할머니가 길게 말한 적이 있었다. 보호자가 돌아갈 때였는데 할머니는 흰 장갑을 낀 오른손을 들고 아주 천천히 말했다.

"여기서…… 며칠이나…… 있어야…… 하니?"

보호자인 딸은 서울에 거주하는데, 할머니가 원주에서 오래 사섰고 이곳이 천주교 소속의 요양원이어서 여기에 오게 되었다고 했다. 몇 가지 서류에 사인을 마친 딸은 엄마에게 몇 마디 인사말을 남기고 돌아갔다. 할머니는 유리창 너머로 사라지는 딸의 뒷모습을 한참 바라보았다.

그날 이후로 할머니는 입을 꾹 다물고 한 마디 말도 하지 않았다. 며칠 지나면 괜찮아질 거라로 생각했지만 일주일이 흘러도 할머니의 말은 돌아오지 않았다. 부랴부랴 서울에 사는 보호자에게 연락했다. 급하게 서울에서 내려온 딸이 엄마를 만났다. 하지만 할머니는 딸을 바라보기만 할 뿐 어떤 말도 하지 않았다.

할머니는 치매 3등급으로 일상생활에서는 다른 사람의 도움이 필요했지만, 듣는 것과 말하는 것에는 문제가 없었다. 말할 수 있는데도 일절 입을 다문 것은 마음에 문제가 생긴 것이 분명했다. 나도, 보호자도 할머니의 마음이 풀릴 때까지 마냥 기다릴 수는 없었다.

딸은 원주에서 당분간 지낼 거처를 마련했다. 그러고는 매일 아침저녁으로 엄마를 찾아왔다. 오래 머물지는 않았고 대략 10분 정도씩의 짧은 만남을 가졌다. 요양원에 들어온 일이 딸과의 이별이 아니라는 것을 보여주려고 노력했다. 그렇게 하루 이틀이 지나고 일주일이 되던 날이었다. 침대에서 상체를 조금 일으켜 창밖을 보고 있던 할머니가 드디어 입을 열었다.

"얘가 올 때가 됐는데⋯⋯."

요즘 할머니는 많이는 아니어도 필요한 말은 곧잘 하신다. 딸은 서울로 돌아가 집 근처의 요양원을 알아보는 중이라고 한다.

배우자나 부모님의 입소 상담을 하기 위해 요양원을 방문하는 사람들이 많다. 사회복지사와 상담을 한 후 시설 내부를 한 번 둘러보고 어르신의 입소를 결정한다. 물론 여러 요양원을 이런 식으로 방문해서 비교할 것이다.

어르신들은 짧게는 몇 개월부터 길게는 몇 년 이상을 요양원에서 지낸다. 치매 환자에게 생활 환경이 자주 바뀌는 일은 매우 좋지 않다. 짧은 상담과 시설을 둘러보는 것만으로 내 배우자, 부모님이 생활할 요양원을 선택하는 것은 바람직하지 않다고 생각한다. 최소한 식사 시간에는 한 번쯤 참관할 것을 권하고 싶다. 깨끗하고 최신의 시설을 갖추고 있음에도 바쁜 시간에 쫓겨 식사 시간이 무척 짧은 곳이 많다. 물론 서류상의 시간은 넉넉하겠지만.

'잠깐 본다고 뭘 알겠어?' 하고 생각할 수 있다. 하지만 이미 짧은 식사 시간에 익숙해진 어르신들은 5분도 안 되어 식사를 끝마치게 된다. 어르신들의 습관은 거짓말을 하지 않기 때문이다. 더 먹고 싶어도 주위에서 식판을 수거하기 시작하면 불안한 마음에 수저를 놓는 어르신들을 나는 많이 보았다. 식사 시작 후 5분 만에 식사를 끝내는 어르신들이 많다면 요양원을 선택할 때 더 생각해봐야 할 것이다.

종사자 인원 또한 적당한지 살펴야 한다. 현재 보건복지부에서는 어르신 2.5명당 요양보호사 1명으로 인력을 책정했다. 이 숫자만 보면 언뜻 충분해 보이기도 한다. 그런데 이 인원은 24시간 기준이다. 8시간 근무하는 인원으로 계산하면 요양보호사 1명당 7.5명의 어르신을 돌봐야 한다는 답이 나온다. 만약 직원이 연차나 휴가라도 쓰게 되면 요양보호사 1명이 돌봐야 하는 어르신의 수는 껑충 뛴다. 야간 상황은 말할 것도 없다. 그래서 일부 요양원은 어르신의 수에 맞는 요양보호사 인원에 추가 인력을 고용한다. 종사자 인원을 법 규정에 간신히 맞춘 곳이라면 좋은 돌봄을 기대할 수 없을 것이다.

또한 개인 옷을 입을 수 있는지, 잠자리와 환기 시설, 냉난방은 잘 되는지, 물리치료와 의료 처치는 신속하게 이루어지는지, 무료한 시간을 보내기 위한 프로그램도 잘 마련되어 있는지 등을 꼼꼼하게 살펴야 한다. 일단 좋은 요양원의 기본 조건에는 이러한 내용이 포함된다.

그러나 그러한 기본 조건보다도 더 중요한 조건이 하나 있다.

어쩌면 이것이 그 무엇보다 가장 중요한 조건일 것이다. 바로 '집과의 거리'다.

　영국에서 거론됐다는 부모님 모시기에 좋은 거리가 있다. 그들이 말하는 좋은 거리는 '수프가 식지 않는 거리'라고 한다. 즉, 부모님이 좋아하는 음식을 따뜻하게 가져갈 수 있는 거리 정도에 부모님을 모셔야 한다는 것이다. 같은 맥락으로 일본에서는 10여 년 전, 장국이 식지 않는 거리를 측정했다고 한다. 날씨가 영상 4~5도 정도일 때 국이 식지 않는 거리는 도보로 1.8킬로미터 정도였다. 부모님을 모시기 위한 곳이 너무 멀지 않아야 한다는 것이다.
　입을 닫았던 할머니가 다시 말을 시작한 것을 보면서 더욱 확신하게 되었다.

　치매 환자 수가 20년마다 두 배씩 증가하고 있다고 한다. 의료 기술의 발달로 수명은 계속 늘어간다. 아직 치매를 치료할 수 있는 약은 없다. 참 무섭고 힘든 싸움을 준비해야 하는 병이 치매다. 치매 환자를 가정에서 홀로 감당하는 것은 너무나 고통스러운 일이다. 가족을 요양원에 모시게 되었다면, 너무 가슴 아파하거나 죄책감 갖지 말고 이제부터 요양원과 보호자가 함께 치매 환자를 돌본다고 생각했으면 좋겠다. 나는 치매 환자의 가족들에게 말하고 싶다. 결코 당신은 혼자가 아니라고.

어떤 곳이 좋은 요양원인지 확신할 수는 없다. 하지만 퇴근길에 들러 안부를 묻고, 주말이면 좋아하시던 반찬 하나 따듯하게 가져온 일이 말문을 닫았던 할머니의 마음을 연 것은 분명하다.

이제 할머니에게 요양원은 버려진 곳이 아닐 것이다. 언제라도 딸을 만날 수 있는 곳이다. 더는 불안과 슬픔의 장소가 아니다.

"어떤 곳이 좋은 요양원인가요?"

나는 자신 있게 대답할 수 있다.

"보호자께서 자주 찾아뵐 수 있는 요양원이요."

누가
치매에 걸릴까

누가 치매에 걸릴까? 생각한 적이 있다. 지금까지 만난 치매 환자 중에는 술을 즐긴 사람도 있었고, 술을 전혀 마시지 않던 사람도 있었다. 담배를 피운 사람도 있었고, 담배를 모르던 이도 있었다. 내성적인 사람이 치매에 걸릴 확률이 높다는 이야기도 있지만, 활발한 성격의 사람이 치매에 걸려 요양원에 오는 경우도 많다. 의사도 치매에 걸렸고, 고위직 공무원도 걸렸고, 자연 속에 사는 농부라고 치매를 피하는 것도 아니었다. 돈이 많아도, 돈이 없어도 치매에 걸렸다. 부부가 같이 치매에 걸리기도 했고, 남편이 아내를, 아내가 남편을 요양원에 보내기도 했다. 자녀들이 부모의 치매에 고개를 숙였고, 부모가 자식의 치매에 비통해하기도 했다. 치매는 사람을 가리지 않는다. 누구든 걸릴 수 있다.

치매 초기의 노인들이 말하는 것을 옆에서 들었다.

"이리 살아서 뭐 하겠나."

"죽지도 않고 힘들어 죽겠네."

"내가 왜 이렇게 된 건지 속상해."

신세 한탄이었다. 한 노인이 목소리를 키웠다.

"늙어서 이 정도면 됐지. 죽을 날 받아놓고 드러누운 것도 아니고. 가끔 애들 면회 오겠다, 집구석에서 자식들 고생시키는 것보다야 낫지. 이리 생활하는 게 어떻다고들 그래?"

"누가 안 그렇대. 아유, 왜 안 죽어."

애당초 정답이 없는 주제였다. 노인들은 독백으로 대화 중이었다.

나는 왜 이 무서운 치매 얘기를 하는 걸까. 다들 '나는 아직 치매와 거리가 멀다'라고 생각할 텐데. 말이다.

요양원에서 지내는 노인들을 보면서 나는 한 가지 공통점을 발견했다. 그건 성격이나 습관은 사라지지 않는다는 거였다. 그렇다고 치매에 걸릴 때를 대비해서 성격과 습관을 만들자는 것은 아니다. 다만 나는 평소 삶의 태도가 얼마나 끈질기게 인생에 영향을 미치는

지 알고 싶었다.

노인들이 요양원에 입소하기 위해서는 치매 발병 전의 성격이
나 생활에 대한 정보를 제공해야 한다. 평소 말이 거칠고 폭력적인
사람은 치매 발병 이후에도 그랬다. 온화한 성품은 치매 이후에도
계속됐다. 정리 습관이 있던 사람은 치매에 걸려도 정리 정돈을 잘
했다. 자신밖에 모르던 사람은 병이 온 후에 더 자신밖에 몰랐고, 잘
나눠주던 사람은 치매 이후에 더 나눠줬다. 치매에 걸리면 기존의
성향이 비정상적으로 증폭되기 때문에 이상행동을 하는 것처럼 보
이기도 하지만, 본래의 성격과 생활 태도가 아주 사라지는 것은 아
니다.

한 남성이 요양원에 입소했다. 그는 이런 일에 익숙한 듯 보였
다. 처음 인사를 건네면서도 어색해하지 않았다. 그는 장애인 시설
에서 요양원으로 옮겨온 참이었다.

나는 그를 만나기 이틀 전에 몇 년간 함께 지냈던 노인을 떠나
보냈다. 어르신의 마지막 가는 길을 배웅했고, 노인이 죽고 나서 그
의 옷을 갈아입혀 드렸다. 장의차에 그분의 차갑게 식은 몸을 실었
고, 차가 사라진 언덕 아래를 한참 바라보았다. 노인이 사용했던 침
대는 비어 있었다. 나는 침대 시트를 벗기며 떠난 노인을 떠올렸다.

그와 나눴던 이야기, 그가 들려준 사연들이 하얀 천 위에서 뽀스락거렸다.

나는 새로 입소한 남성에게 인사를 드리며 환하게 웃었다. 노인이 쓰던 침대는 이제 그가 사용할 것이다. 죽은 노인의 자리에 산 노인이 들어왔다. 산 노인은 언젠가 죽은 노인이 되고, 언제고 내가 노인이 되면 그 자리를 채울 것이다.

이런 일을 보면서 나는 죽음 앞에서 겸손해지고, 삶 앞에서 다시 겸손해진다. 그들이 병들기 전의 삶을 바라보고 병든 후의 일을 생각한다. 나는 치매 환자들의 비정상적인 행동이, 실은 그들로서는 그렇게 할 수밖에 없는 정상적인 행동임을 인정하려고 노력한다. 흔하지는 않지만, 치매를 앓고 있으면서 타인을 걱정하는 노인의 말에 나는 감동한다.

언젠가 치매가 나를 찾아올 수도 있다. 그때의 내 모습이 오로지 자신밖에 모르는 사람은 아니기를, 무엇이라도 나누고 베푸는 사람이기를 바란다.

치매를 예방한다고 알려진 방법들이 있다. 여러 가지가 있겠으나 나에게는 그게 글인 것 같다. 치매가 나를 비껴갈지 아니면 관통할지는 알 수 없지만, 나는 할 수 있는 시간까지 최선을 다해 글을 쓰겠다. 오늘이라 불리는 시간에.

할머니의 보약은
남아 있다

내가 태어났을 때 엄마는 건강이 무척 좋지 않았다. 당시에는 꽤 위험한 병이었던 폐결핵에 걸렸다. 폐에 천공이 생길 정도로 병이 상당히 진행된 상태였다. 엄마는 내게 젖도 물리지 못하고 나를 시골 할머니 집으로 보내야 했다. 몇 년이 지나도록 엄마는 호전과 재발을 반복했다.

그때 나는 또래의 아이들에 비해 몸이 약했다. 늘 감기를 달고 살았고 키도 몸무게도 평균 이하였다. 그런 내가 안쓰러웠던 할머니는 내게 이런저런 보약을 먹였는데, 대부분은 민간에서 효험이 있다고 알려진 할머니표 보약이었다.

얼었던 개울물이 녹기 시작하고 휑한 앞마당에 초록 풀이 불가

사리처럼 드러눕는 봄이 되면 할머니의 시골집 앞에는 뜯긴 달력이 붙었다. 달력 뒷면 하얀 백지에 꼬부랑글씨로 광고를 내걸었는데 내용은 이랬다.

'개구리 삼. 10마리에 10언. 반뜨시 사라 이슬 것.'

당시에 삼양라면 한 봉지가 50원이었다. 개구리 50마리를 잡아 오면 라면 한 봉지를 살 수 있었다. 펄떡펄떡 뛰는 개구리를 50마리나, 그것도 '반드시 살아 있는 것'으로 잡아 와야 하는 쉽지 않은 일이었지만 라면을 먹고 싶은 온 동네 아이들이 할머니 집 앞으로 모여들었다. 개중에는 제법 머리가 큰 중학생도 있었다. 할머니 집에 동네 아이들의 방문이 빈번해질수록 처마 끝에 매달리는 개구리의 숫자도 늘어갔다. 새끼줄에 굴비처럼 달린 개구리들은 두 다리를 쭉 펴고 자신의 운명에 순순히 몸을 맡긴 듯했다. 바람과 태양도 할머니의 정성을 도왔다. 나는 마루에 누워 바람에 흔들리는 개구리를 보며 잠들곤 했다.

큰 가마솥에 개구리를 가득 채운 할머니는 며칠을 그 앞에 머물며 장작을 태웠다. 뽀얀 국물이 하얀 사기그릇에 담겼다. 할머니는 사골국이라며 너스레를 떨었지만 네 살이면 개구리의 운명쯤은 알

만한 나이였다. 나는 할머니의 정성을 보았기에 모른 척하며 비릿한 사골국을 마셨다. 자라면서 나는 자주 엉뚱한 행동을 하곤 했는데, 아마 그 많던 개구리 중에 청개구리 몇이 섞였던 게 아닐까 싶다.

어느 날 나무를 하러 산에 올랐던 영식이 형이 산삼을 캤다는 소문이 들렸다. 그 소식을 들은 할머니는 득달같이 영식이 형을 붙잡아 와서는 다짜고짜 산삼을 내놓으라고 다그쳤다. 머리를 긁적이던 영식이 형은 결국 어른 새끼손가락 같은 산삼을 내려놓고 고개를 숙인 채 집으로 돌아갔다. 어린아이에게 산삼은 좋지 않다고 동네 할아버지가 손사래를 쳤지만, 할머니는 자신만의 정제법이 있다고 고집을 부렸다.

다음 날 새벽 나는 미처 잠에서 다 깨기도 전에 할머니의 비법 산삼 물을 마셨다. 나는 그 길로 잠에 빠져 사흘 동안 일어나지 못했다. 죽다 살아난 것이었다.

한번은 맹독을 가진 살모사가 집 마당에 나타났다. 이미 산전수전을 다 겪은 다섯 살배기 고양이 나비가 오랜 사투 끝에 뱀을 제압했다. 이 광경을 지켜보던 할머니가 무릎을 쳤다. 할머니는 축 늘어진 뱀을 들고 닭장으로 갔다. 닭에게 뱀을 먹여 약닭을 만들겠다는 계산이었다.

　닭들은 죽은 살모사를 피해 다니기만 했다. 할머니는 그것을 잘게 자르고 절구질을 해서 닭에게 줘보기도 했지만 소용없었다. 할머니의 작전은 완전히 실패했다. 닭대가리란 말은 완전히 잘못된 말이었다.

　한참을 고민하던 할머니는 동네에서 약초를 제일 잘 안다는 박씨 할아버지에게로 부리나케 달려갔다. 의기양양하게 돌아온 할머니는 양파망에 이제는 뱀으로 보이지도 않는 그것을 넣고 닭장 한쪽에 매달아두었다. 일주일쯤 지나자 양파망 속에 새로운 생명체가 보이기 시작했다. 양파망 속 뱀의 잔해를 빼곡히 에워싼 채 꿈틀거리는 그것은, 허옇고 통통한 구더기들이었다. 할머니는 지체 없이 양파망을 닭에게 던졌다. 몇몇 용감한 토종닭이 달려들었다.

　다시 일주일쯤 지나자 독 구더기를 먹은 닭의 모습이 변하기 시작했다. 깃털이 빠졌고 꾸벅꾸벅 조는 시간이 늘어났다. 오래지 않아 닭은 모든 깃털이 빠진 채 헐벗은 모습으로 비틀거리며 돌아다녔다. 할머니는 회심의 미소를 지으며 병약한 손자를 위한 또 하나의 보약을 제조했다.

　나는 꼬박 보름을 앓아누웠다. 나는 다시 한번 죽다 살아났다. 나중에야 안 사실이지만 실제로 이런 약닭을 사육하는 농장이 있었다. 그들의 말에 따르면 구더기를 먹은 닭이 독사의 독을 완전히 해독한 뒤에, 빠졌던 깃털이 다시 자라고 난 다음에야 사람이 먹을 수 있다고 한다. 그것도 이러한 과정을 몇 번이나 반복해야 한다는 것이었다. 농장에서는 이를 '뱀닭'이라고 소개했다. 아무래도 할머니의 동작이 너무 빨랐던 모양이다.

그 이후로도 몇 번 더 이런저런 할머니의 보약을 먹은 후에 나는 서울로 돌아올 수 있었다. 엄마가 완전히 회복된 후였다. 내가 다섯 살쯤 되었을 무렵이었다. 그동안 엄마가 나를 찾지 않았던 건 아니었다. 그러나 할머니와 이별하는 날, 엄마의 얼굴을 잊은 나는 할머니 등 뒤에 숨어서 나오려고 하지 않는 통에 엄마를 한참이나 울렸다고 한다.

할머니가 돌아가신 후에 얼마간 슬펐지만, 곧 일상으로 돌아온 나는 언제 그랬냐는 듯이 할머니를 잊어갔다. 그렇게 40여 년의 세월이 지났다. 나는 단어적인 의미 이상의 할머니를 기억하지 못했다.

요양원에서 치매를 앓고 있는 할머니들을 만나며 내 할머니가 떠올랐다. 문득문득 떠오르는 할머니 모습에 미소를 지었다. 나는 할머니를 잊어버린 것이 아니었다. 할머니의 보약은 사라지지 않고 내 마음속에 여태 남아 있었다. 혈관을 도는 붉은 혈액처럼 할머니의 보약은 내 기억 깊은 곳에서 고요하게 흐르고 있었다.

치매 노인들이 매일 떠올리는 잊을 수 없는 기억처럼, 잊었다고 생각해도 잊히지 않는 것, 그것을 꺼내본다. 벌써 행복한 마음으로.

4부

깊은 밤일수록 별은
더욱 반짝입니다

가장 어두운 밤이 지나야 새벽이 오듯,
절망의 끝에서 희망은 피어난다는 것

절망에서
희망이

연탄가스를 마신 적이 있다. 오래되어 갈라진 방바닥을 수리했는데, 아버지가 어깨너머로 기술을 배운 탓에 제대로 메우지 못했기 때문이었다. 연탄가스는 모두가 잠든 사이 조용히 방 안으로 스며들었다. 식구 중 제일 어렸던 내게 먼저 반응이 왔다. 소변이 마려워 자리에서 일어나던 나는 엄마 몸 위로 쓰러졌다. 그런 일은 그 후로도 몇 번쯤 더 일어났다. 나는 연탄가스를 마실 때마다 식초나 동치미 국물을 마셨고, 그래도 내가 깨어나지 못하면 엄마는 찬물을 입에 머금었다가 내 얼굴에 품기도 했다. 방 한 칸에 네 식구가 살았던 시절, 일곱 살 아이가 연탄가스를 마시고 응급실에 실려 가도 이상하지 않던 시절, 1979년이었다.

병원에서 깨어난 나는 어리둥절한 표정이었다고 한다. 아침인지 저녁인지 알아차리지 못했다. 처음 본 사람들이 나를 걱정스런 얼굴로 내려다보고 있었다. 어디선가 본 듯한 아줌마가 내 얼굴을 감싸 쥐었다. '누구세요?'라고 묻고 싶었지만 '누구'라는 말이 튀어나오지 않고 입안에서만 맴돌았다. 내 얼굴을 살피던 아줌마는 두 손으로 입을 막고 흐느꼈다. 나는 내 주위에 모인 사람들을 살펴봤다. 모두 익숙한 얼굴이었지만 낯설게만 느껴졌다.

머리가 깨질 듯이 아팠다. 몸이 빙글빙글 도는 것처럼 어지러웠다. 귀에서는 모깃소리가 계속 들렸다. 아줌마의 입이 움직였지만 나는 정확한 소리를 알아들을 수 없었다. 나는 눈만 껌뻑거렸고 나를 둘러싼 사람들은 눈물을 흘렸다. 이틀쯤 지나서야 아줌마는 엄마로 돌아왔다.

가족을 알아보지 못하고 요양원에서 생활하면서 이곳이 어딘지 모르는 치매 노인들의 마음도 그때의 나와 같지 않을까 싶다. 연탄가스를 마신 듯이 기억은 어디론가 사라지고 몸은 비틀거린다. 모든 일을 할 수 있을 것 같지만 몸은 모든 일을 할 수 없는 지경이다. 사는 게 지긋지긋하다고, 왜 죽지 않느냐고 하소연이다. 나날이 좋아지는 약들은 빨리 죽고 싶다는 치매 노인들의 희망과 달리 그들의 수명을 연장시켰다. 오래 살면 좋은 일이 아니냐고 묻는다면 나는 대답할 수 없다.

지금 근무하고 있는 요양원에서 가장 오래 지낸 어르신의 입소 기간이 8년이다. 모르긴 해도 어르신은 요양원에 오기 전부터 상당 기간 병원 치료를 받았을 것이다. 그런 다음 요양원에 입소한 것인데, 이후로 8년이 지났고 앞으로도 언제 끝날지 모른다. 어르신은 비위관을 통해 넣어주는 식사로 삶을 유지하고 있다.

우리가 이런 상황에 부닥치게 된다면 우리는 어떤 심정이 될까.

늦은 밤에 누군가 요양원 문을 두드렸다. 한 남자가 서 있었다. 남자는 고개를 푹 숙인 채였는데 문을 열자 짙은 술 냄새가 풍겼다. 그의 손에는 검정 비닐봉지가 들려 있었다. 면회 시간이 아니었지만 그를 돌려보낼 수가 없었다. 그는 요양원에서 가장 오래 지내고 있는 할머니의 아들이었다.

말없이 할머니 앞에 서 있던 남자의 어깨가 흔들리기 시작했다. 흐느끼는 소리도 들렸다.

"엄마…… 왜…… 안 죽어…….."

긴 병시중의 고통을 모르는 바는 아니지만, 병든 어머니에게 할 소리는 아니었다. 나는 의사 표현을 못 할 뿐 할머니가 다 듣고 있음을 그에게 말해주고 싶었다. 하지만 그럴 수가 없었다. 더 심하게 흔들리는 남자의 그림자 때문이었다.

그는 복도로 나와 소파에 앉으며 긴 한숨을 내쉬었다. 남자는 너무 속상해서 술을 마셨다고 했다. 그러고는 죄송하다는 말을 되풀이했다. 그는 직업이 목수인데 내일은 비가 올 것 같다고 힘없이 말했다. 그의 얼굴에 굵은 주름살이 선명했다. 올 때처럼 검정 비닐봉지를 손에 들고 돌아가는 늙은 아들의 그림자가 가로등 불빛에 여러 갈래로 찢어지며 사라졌다.

어디서 이렇게 많은 연탄가스가 생긴 걸까. 무엇 때문에 노인들은 치매에 걸렸을까. 식초나 동치밋국을 마시고 얼굴에 찬물을 품어서 치매 노인들의 기억이 다시 돌아온다면 얼마나 좋을까.

8년 동안 병상에 누운 어머니를 바라보는 아들의 심정을 나는 감히 상상할 수조차 없다. 나였다면 매달 백여만 원에 달하는 비용을 무슨 수로 마련했을까. 여러모로 살아가기 어려운 시절이다. 아픈 사람도, 아픈 사람의 보호자도, 그들을 지켜보는 이도.

한 어르신이 말하길, 자식이 아프면 가슴이 아프고 부모가 아프면 머리가 아픈 법이라는데. 나는 가슴도 아프고 머리도 아프다.

그럼에도 희망은 있다. 강아지만 한 돼지 저금통을 요양원에 후원한 할머니를 본 적이 있다. 폐지를 주워 모은 돈이라고 했다. 봄꽃 같았던 할머니의 미소가 잊히지 않는다. 한번은 초등학생 남매가 봉사를 왔다. 나는 이렇게 아픈 할머니, 할아버지가 무섭지 않으냐고 물었다. 그러자 아이들은 요양원에 오면 돌아가신 할머니 생각이 나서 좋다고 했다. 한 달에 한 번 요양원에 봉사를 오는 택시 기사님들도 있다. 이분들은 거동이 어려운 노인들을 자신의 택시에 태우고 경치 좋은 곳으로 소풍을 간다. 이날을 어르신들은 무척 즐거워하는데, 운전대를 잡은 기사님들의 표정은 더 행복해 보였다.

치매는 무서운 병이다. 하지만 우리의 관심이 이어질 때 희망이 시작된다는 것을 이제는 안다. 언제나 희망은 있다. 절망밖에 없어 보일지라도.

치매라는 병에는 사람이 약이고 사랑이 의사다.

이 원고를 쓰던 중에 원고 속에 등장하는 할머니께서 돌아가셨다. 할머니가 가신 곳, 그곳에서는 콧줄 없이 굳은 관절 펴고 편히 지내시길…….

치매 환자의
기억법

나는 저어새를 보지 못했는데, 볼 때마다 저어새가 떠오르는 할머니가 있다.

할머니는 늘 "저어~"라며 말을 시작한다.

"저어~ 물 좀 주세요."

"저어~ 어디 가서 밥 한술 얻어먹을 데 없을까요?"

"저어~ 신발이 없어졌어요."

"저어~ 난 돈이 하나도 없어요."

그녀는 매 끼니를 걱정하고, 늘 어디론가 떠나기 위해 신발을 찾았으며, 그런 일을 가능하게 해줄 돈을 걱정했다. 할머니에게는 아들이 둘 있는데 그녀의 친자식이 아니었다. 아들 둘이 있는 남자에게 시집을 가서 자신의 자식을 낳지는 않았다고 한다. 남편이 먼저 죽고 그녀가 아이 둘을 길렀다고 했다. 할머니의 기억으로는, 그녀는 요양원에 들어오기 전에도 가난했고 요양원에 온 이후에도 가난하다.

한 달에 두어 번쯤 장성한 손자들이 그녀를 찾아왔다. 그들은 혈연관계는 아니었지만, 신기하게도 손자들의 얼굴은 할머니와 닮아 보였다. 피를 나누지 않아도 그들은 서로를 닮은 가족이었다.

그녀는 손자가 가지고 온 덧버선 다섯 개를 세고 또 세었다. 검은 바탕에 금색 꽃무늬가 있거나 살구색 천 위에 붉은 수가 놓인 덧버선 다섯 개를 할머니는 바라보고 또 바라보았다.

그중 하나를 세탁했다. 근심을 숨기지 않고 그녀가 말했다.

"저어~ 내 신발(덧버선)이 하나 사라졌는데……."

세탁 중이니 곧 갖다드리겠다는 대답에도 할머니의 걱정은 사라지지 않았다.

"저어~ 신발을 찾아야 하는데……."

할머니는 지나가는 모든 이에게 하소연했다. 세탁이 끝나고, 건조기가 작동을 멈춘 다음에야 덧버선은 돌아올 것이었다. 두어 시간 동안 할머니의 걱정은 계속되었다.

치매 환자의 기억법은 다소 이기적이다. 어떤 기억은 70~80년이 지나도 선명했다. 거의 100세에 가까운 노인들이 어린 시절을 기억한다. 그들은 일제강점기를 떠올렸고, 6·25 전쟁에서 죽은 오빠를 기억했다. 그런데 아주 오래전 기억을 떠올리는 그들 중에는 자녀들을 알아보지 못하는 노인도 있다.

가까운 기억은 사라지고 먼 기억이 선명한 치매 환자의 기억법은 원시(遠視) 눈동자 같다. 원시는 먼 거리보다 가까운 사물의 초점이 더 흐려 보인다.

저녁 8시가 가까워지면 요양원의 평균 나이에 비춰볼 때 젊은 피에 속하는 60대 초반의 남자를 내 옆으로 모셔 온다. 정처 없이 걸어 다니는 배회가 심한 환자였다. 다른 노인들은 모두 잠자리에 든 상태이기 때문에 그가 이곳저곳을 기웃거리며 다른 사람의 잠을 깨우지 못하도록 내 옆에 붙들어놓기 위해서다.

남자와 나의 대화는 간결하다. 우리의 대화는 5분 정도의 간격을 두고 다시 맨 처음으로 돌아간다.

그가 엉덩이를 들썩이며 내게 말한다.

"어유, 집에 갈게요."

"8시에 약 드릴 거예요. 여기 앉아 계세요."

그가 답한다.

"지금 몇 신데요?"

내가 말한다.

"7시 30분이에요."

그가 고개를 들어 복도 벽에 걸린 동그란 시계를 힐끗 본다. 그가 다시 말한다.

"어휴, 30분이나 기다리라고. ××." (××라고 쓰고 18이라 읽는다.)

"어르신, 욕은 하시면 안 돼요."

그가 억울한 표정으로 말한다.

"욕 안 했어요."

시간이 5분쯤 지난다. 그가 또 엉덩이를 떼며 내게 말한다.

"어휴, 집에 갈게요."

나는 시계를 한 번 보고 고개를 돌려 그를 쳐다보며 말한다.

"8시에 약 드릴게요. 앉아 계세요."

그가 덤덤하게 묻는다.

"지금 몇 신데요?"

나는 태연하게 대답한다.

"7시 35분입니다."

그가 고개는 들지 않고 눈동자만 치켜떠서 시계를 본 후 말한다.

"어휴, 그럼 25분이나 기다리라고. ××." (××라고 쓰고 이번에는 19라고 읽자.)

"어르신! 지금 욕하신 거예요?"

그가 정말 억울한 표정으로 말한다.

"욕 안 했어요."

이런 내용이 5분 간격으로 반복된다. 우리는 다음 대화의 내용을 걱정하지 않는다. 우리는 언제까지고 끝없이 대화를 이어갈 수 있다.

남자의 기억은 5분을 넘기지 못하지만, 그는 자신의 대학 전공이 국어국문학이었음은 기억한다. 남자는 5분 동안 매번 새로운 글을 쓰는 것일까.

덧버선을 돌려받은 할머니의 표정이 밝아졌다. 베개 밑에 고이 넣고 그제야 잠을 청한다. 할머니는 하루 전의 일을 기억하지 못하는 경우가 많았는데, 손자가 주고 간 덧버선은 일주일이 지나도 잊지 않았다. 그녀는 손자만은 끝까지 기억할 것이다. 치매라는 지우개가 그녀의 머릿속을 아무리 헤집고 다녀도.

치매 환자의 기억은 저어새 같다. 보호받아야 하고 소중하다는 점에서 치매 환자의 기억과 저어새는 다르지 않다. 저어새는 멸종위기종으로, 대한민국 천연기념물 제205호다.

할머니가
요양원을 떠날 때

올해 아홉 명의 어르신이 돌아가셨다. 마지막 이별은 사흘 전이었다. 자주 마주하는 죽음이지만 매번 늘 낯설기만 하다. 조금 전까지 숨을 쉬던 사람의 호흡이 멈추고 검은 눈동자에 담겼던 빛이 사라지는 일은, 맥박이 느껴지지 않는 마른 팔에 혈압계 패드를 두르고 화면에 표시되는 에러 문자를 확인하는 일은, 미처 감지 못한 어르신의 두 눈을 감겨드리는 일은, 걸어서 입소한 노인이 들것에 실려 떠나는 일은 아무리 자주 보아도 좀처럼 익숙해지지 않는다.

급하게 달려온 보호자들이 눈물을 흘렸다. 보호자들은 큰 소리로 울지 않았다. 요양원에 계신 다른 어르신들을 생각해서다. 나이가 많으면 죽음에 담담해질 거라는 생각은 어디까지나 젊은 사람들의 생각일 뿐이다. 요양원에서는 할 수 있는 한 어르신들에게 동거인의 죽음을 숨기려고 노력한다. 하지만 진작에 차가워진 요양원의 공기에 몇몇 노인들이 수군거리기 시작했다.

임종이 예견되는 분은 병원으로 모실 것 같지만 그러지 않는 경우도 많다. 병원에서 특별히 해줄 것이 없기 때문이기도 하고, 가족들이 어르신의 병원 진료를 반대하기 때문이기도 하다. 보호자는 수년간의 요양원 생활에 이미 많은 경비를 지출한 터였다. 국가에서 80퍼센트의 비용을 지원하고 있다지만 개인이 부담하는 요양비도 적지 않은 금액이다. 약 처방을 받거나 가끔 어르신의 상태가 악화하여 추가 발생하는 입원비는 별도의 지출이다. 부모가 아픈데 돈타령이냐고 고깝게 보는 사람들도 있겠지만, 개개인의 사정을 모르는 한 함부로 판단할 수 없는 문제다.

보호자의 숨죽인 울음에 설움이 느껴졌다. 목놓아 울기라도 하면 그 섧이 덜했을까. 끝내 곡소리를 삼킨 보호자가 죄인처럼 고개를 숙였다.

어르신과 함께했던 봄, 여름, 가을, 겨울을 떠올렸다. 잘 걷던 분이 어느 날 일어서지 못했고, 종일 누워만 지내다가 나중에는 스스로 식사도 할 수 없게 되었다. 왼쪽 팔만 움직이던 어르신의 손바닥

온기가 생각났다. 마지막으로 어르신의 기저귀를 확인했다. 깨끗한 옷으로 갈아입혀 드리고 손을 잡았다. 어르신의 몸에 온기가 사라지고 있었다.

요양원에서 노인이 사망하면 경찰관과 국과수 직원이 나와서 사건 경위를 조사한다. 최초 발견자와 신고자의 신상 정보를 적고 노인의 병명을 파악한다. 보호자에게 노인의 죽음에 다른 의견이 없음을 확인하고 나면, 비로소 노인은 요양원을 떠날 수 있게 된다.

어르신은 흰 천에 덮여 들것에 실렸다. 나는 고개를 숙였다. 피곤하다고, 바쁘다고, 귀찮다고, 어르신을 자주 들여다보지 않은 두 발이 보였다. 나는 발등을 한참 노려봤다.

어르신을 실은 운구차는 벌써 사라지고 없었다.

밤에만 들리는
동요

밤이 되면 들려오는 동요가 있다. 음정도 가사도 알아듣기 힘든 홍얼거림. 소리의 근원지는 얼마 전에 요양원에 입소한 65세 남자였다. 그는 장애인 시설에 있을 때는 지적장애 2급이었고, 요양원으로 옮긴 후에는 장기요양 1등급 판정을 받았다.

20대 후반쯤에는 결혼도 했었고 회사도 다녔다고 한다. 그때도 지적장애 2급이긴 했지만 약간의 도움을 받으면 일상생활이나 기본적인 사회생활도 가능했을 것이었다. 그런데 어느 날 그는 술자리에서 이유도 모른 채 폭행을 당했다. 어수룩하고, 다른 사람보다 행동이 느리고, 어떤 부분에 있어서는 고집스러운 면이 있다는 것은 절대로 폭행의 이유가 될 수 없다. 그러나 가해자는 아랑곳하지 않았다.

그 폭행 사건 이후 그의 장애는 더 나빠졌다고 한다. 그는 고함과 폭력의 기억에서 쉽게 헤어나지 못했다. 그 때문에 그의 결혼 생활이 중단된 것인지는 알 수 없었다. 나는 그의 짧았던 결혼 생활이 행복했기를 바란다.

그는 낮에는 나를 삼촌이라고 불렀고, 밤에는 누나라고 불렀다. 그 덕분에 나는 낮과 밤이 바뀔 때마다 남성과 여성을 오갔다. 물론 나는 어느 모로 보나 남자가 분명하다. 그런데도 그는 밤만 되면 나를 누나라고 불렀다. 아마도 그는 누나에 대한 좋은 기억이 있는 듯했다. 여자 직원에게는 한껏 콧소리를 내며 누나라고 불렀다. 남자에게는 다소 거리를 둔 모습을 보였는데, 나에게만은 그렇지 않았다. 그의 눈에는 내가 여자로 보일 때가 있는 것 같았다.

그는 잠을 잘 때 이불을 머리 위까지 끌어올려 덮었는데, 머리만 이불 속에 있으면 되는지 다리나 엉덩이가 이불 밖으로 나오는 것은 신경 쓰지 않았다. 온몸을 동그랗게 웅크리고 이불 속으로 파고드는 그의 모습은 마치 자궁 속 태아를 떠올리게 했다.

한쪽 발을 이불 밖으로 내민 그가 중얼거렸다.

"엄마!"

"빨리 와!"

"나 여기 있어."

"엄마, ○○이 여기 있어."

그의 엄마는 장애가 있는 그를 두고 떠났다. 그의 이력이 적힌 서류에 의하면 그가 다섯 살 때였다. 그는 현재 65세다. 그는 60년 전의 엄마를 기억하며 밤이 되면 그녀를 부른다.

새벽 한두 시쯤 되면 그는 이불 속에서 몸을 꿈틀거린다. 이불 밖으로 발이 나오면 더 동그랗게 몸을 만들고 이불을 머리 위로 끌어당긴다. 그는 매번 엄마에게 빨리 오라고 말하는데, 그의 곁으로 다가가는 사람은 아무도 없다. 엄마를 부르는 반복적인 외침이 그의 잠버릇이라고 생각하는 직원들도 그에게 가지 않는다.

그는 새벽녘 그렇게 홀로 엄마를 찾다가 이불 속에서 잠이 든다. 현재 그의 지능은 5세 수준이라고 한다. 그는 엄마에게 버려졌던 다섯 살의 시간에서 멈춘 채로 60년 동안 엄마를 부르고 있다.

삶의 전부였던 사람이 떠나는 상처는 아무리 많은 시간이 흘러도 잊을 수 없다.

내가 다섯 살 때였다. 어쩌면 여섯 살이었을 수도 있다. 엄마는 처녀의 몸으로 두 아이를 기르고 있었다. 시골에서 상경한 그녀는 도시 출신 남자를 사랑하게 되었고 아이 둘을 출산했다. 하지만 남자는 그녀뿐만 아니라 두 아이조차 책임지지 않았다. 엄마는 남자의 성씨로 아이들의 출생신고를 한 것에 만족해야 했다.

아무도 없는 낯선 도시에서 두 아이를 기른다는 것이 그녀를 극한으로 치닫게 했다. 얼마간 보내왔던 양육비조차 끊기게 되자 그녀는 두 아이를 데리고 남자를 찾아갔다. 그녀는 양육비를 받아내겠다는 확고한 의지를 보여주려는 정도였는데, 어린 엄마는 그 일이 작은아이를 평생 따라다닐 트라우마가 될 줄은 예상하지 못했다.

우리는 여관방에서 내 아버지라는 남자를 기다렸다. 한참을 기다려도 그는 오지 않았다. 엄마는 방을 나갔다 들어오기를 몇 번 반복했다. 그러고는 나와 누나에게 말했다.

"이제 너희들 아빠와 살아라."

그 말을 한 후 엄마는 방에서 나갔다. 나보다 세 살 많은 누나는 소리를 지르며 엄마를 쫓아갔다. 나는 꼼짝도 하지 못했다. 머릿속에서 엄마가 방금 내뱉은 말이 무한 반복되고 있었다.

심장이 마구 뛰었다. 숨소리가 심장 박동 소리와 뒤엉키며 귓속이 쿵쿵 울렸다. 시간이 멈춘 것 같았다. 어서 엄마와 누나를 쫓아가야 한다고 생각했지만 발이 꿈쩍도 하지 않았다.

엄마가 다시 돌아오기까지 나는 눈동자도 움직이지 못하고 엄마가 사라진 방문을 노려본 채 얼어붙어 있었다.

　나중에 들은 얘기로는 그 시간이 채 5분이 되지 않았다고 한다. 나는 돌아온 엄마를 보고도 입을 다물었고 어떤 움직임도 보이지 않았다고 했다. 무표정한 얼굴, 거친 숨소리, 팔다리가 뻣뻣하게 굳어버린 기억. 내 모습에 놀란 엄마가 나를 안고 온몸을 주물렀을 때도 내 몸은 움직이지 않았다. 30분이 지나서도 나는 목울대로 소리를 넘기지 못하고 꺽꺽거리기만 했다.
　그날 이후로 나는 엄마의 살이 어디라도 내게 닿아야만 잠들 수 있었다.
　원인이 분명하지는 않지만 나는 자라면서 각종 틱 증상에 시달렸다. 이유 없이 킁킁 소리를 낸다든지, 글씨를 쓸 때 획의 연결 부위가 매끄럽지 않으면 견디지 못하고, 목을 한쪽으로 끝없이 기울였다가 세우는 동작을 반복했다. 누구와 사랑이라도 하게 되면 상처받는 것이 두려워서 먼저 이별을 말하는 경우도 반복됐다. 그때의 짧은 5분은 오래도록 잊히지 않았다.
　지금 생각해보면 엄마의 행동은 충분히 이해된다. 엄마를 원망하지 않는다. 엄마의 상황이었다면 누구라도 그런 생각을 해보지 않았을까? 40년이 넘은 기억이다. 사실, 장소와 상황은 정확하지 않다. 커가며 엄마나 누나에게 들은 이야기가 기억처럼 자리 잡았을 수도 있다. 하지만 그때의 아픈 감정은 지금도 생생하게 느껴진다. 가장 사랑하는 사람이 나를 떠나갈 수 있다는, 아는 사람 하나 없는 낯선 곳에 홀로 남겨진다는 느낌은 사라지지 않았다. 40년이 훌쩍 지났어도.

그는 어땠을까. 5세 정도의 지능을 지닌 그가 다섯 살 때 느꼈을 엄마와의 이별은 내가 다섯 살 때 느꼈던 이별과 다르지 않았을 것 같다. 그가 60년간 부르는, 그가 기억하는 다정한 엄마의 얼굴과 내가 40년간 잊고자 했던, 나를 떠나가던 무서웠던 엄마의 얼굴이 같은 것임을 나는 안다.

그의 목소리가 유독 애절하게 들리는 것은, 내가 그의 엄마의 얼굴을 예전에 보았기 때문이다. 떠나가는 엄마의 뒷모습을 보던 그의 눈동자를 내가 알기 때문이다.

나는 퇴근할 때면 그에게 인사를 건네는데, 매번 같은 대답이 돌아온다.

"오기만 하면 돼."

나는 그가 왜 그런 말을 하는지 이제는 안다.

세상이
유지되는 이유

금요일이 되면 휴대전화를 손에서 놓지 않는 할머니가 있다. 3주 전에 요양원에 입소한 분이다.

모두 그런 것은 아니지만 요양원에 처음 온 어르신은 불만족스러운 일이 생겨도 직원들에게 솔직하게 표현하지 못하는 경우가 많은데, 혹시 이분도 어떤 요구사항을 요양원에 말하지 못하고 가족에게 호소하고 있는 것이 아닌지 걱정이 되었다. 통화가 끝나기를 기다렸다가 나는 할머니에게 여쭤봤다.

"할머니! 혹시 생활하시는 데 무슨 불편이라도 있으세요? 그런 일이 있다면 말씀해주세요. 처음이라서 저희가 어르신에 대해 모르는 게 있을 수 있으니까요."

할머니는 그런 일은 없다며 손사래를 쳤다. 할머니에게 들은 사정은 이랬다. 멀리 있는 자녀들이 주말에 쉬지 못하고 요양원에 찾아올까 봐 할머니가 미리 전화를 걸어 '절대 면회 오지 말 것'을 엄포 놓는다는 것이다.

요양원에서 생활하는 노인들은 그리움을 가슴속에 숨기고 있다. 그 심정을 말로 드러내지는 않는다. 하지만 눈빛은 숨길 수가 없다. 할머니의 눈은 자녀들을 그리고 있는데 할머니의 입은 아니라고 한다. 할머니는 어떤 사연을 갖고 계신 걸까. 왜 자녀들에게 찾아오지 말라는 전화를 하는 걸까. 그러면서 그리움 가득한 눈빛으로 창밖을 바라보고만 있는 할머니의 마음이 나는 궁금했다. 나는 할머니 옆에 가만히 앉았다.

할머니의 고향은 원산이었다. 함경남도 남부의 영흥만에 있는 항구도시, 해당화 피어나는 명사십리가 있는 곳이다. 6·25 전쟁이 일어나자 할머니는 엄마 등에 업혀 다섯 살 많은 오빠와 함께 피난길에 올랐다. 어린 소녀의 나이는 일곱 살이었다. 모두가 가난했던 시절, 친척 한 명 없는 곳에서 믿을 사람이라고는 서로밖에 없었다. 똘똘 뭉쳐서 엄마를 도왔던 일곱 살 소녀와 열두 살 소년은 어느새 자라서 각자의 가정을 이루었다.

할머니에게는 젖먹이 아들 둘이, 그녀의 오빠에게는 딸과 아들이 있었는데 조카들의 나이는 할머니가 고향을 떠나올 때의 나이와 비슷했다. 전쟁을 피해 고향을 떠났지만 각자 가정을 이뤘고, 엄마에게 물려받은 식당은 점점 손님이 늘어가고 있었다. 당시 스물두 살이던 할머니는 모든 일이 잘 풀리고 있다고, 이제 행복할 일만 남았다고 생각했다.

어느 날 분주하게 장사 준비를 하고 있을 때였다. 급작스러운 오빠의 사망 소식이 전해졌다. 군인이었던 오빠가 훈련 도중 죽었다는 몇 줄의 짧은 전보였다. 할머니는 죽은 오빠보다 조카들 얼굴이 먼저 떠올랐다.

"올케언니가 두 아이를 집에 두고 사라졌는데, 그 아이들을 내 품에 안았지. 그럴 수밖에 없었어. 그래야 했고."

성실하기만 했던 할머니의 남편은 조카들이 집에 들어온 이후부터 밖으로 나돌기만 했다. 그는 남의 아이들을 키울 수 없다고 했고, 할머니는 이미 그 아이들은 내 자식이라고 선언했다.

일 년쯤 지나자 그는 아예 집을 나간 후 발길을 뚝 끊었다. 수소문 끝에 찾아간 남편은 다른 여자와 살고 있었는데 이미 아이까지 낳은 상황이었다. 그는 할머니에게 이혼을 요구했고 할머니는 군소리 없이 결혼 생활을 끝내는 일에 동의해주었다.

할머니는 네 명의 아이를 책임지고 엄마까지 모셔야 했다. 그녀는 30년 동안 장사를 했다고 한다. 곰탕집이었다. 할머니는 직원을 다섯 명 두고 일했는데, 식당에서 가장 일찍 출근하고 제일 늦게 퇴근하는 사람이 그녀였다. 네 아이와 어머니를 지키기 위해 할머니는 잠깐도 쉴 수가 없었다.

어머니는 그런 그녀를 보며 그리 몸을 혹사하면 말년에 큰 탈이 난다고 걱정을 했는데 그 일은 실제로 일어나고 말았다. 할머니의 두 무릎이 망가진 것이었다. 그녀는 다시는 걸을 수 없었다. 거기에 손가락은 휘어지고 기억이 흐려졌다. 할머니는 스스로 요양원에 입소하겠다고 선언했다. 늘 가족이 먼저였던 사람, 아이들을 지켜내야만 했던 사람, 할머니는 그 아이들에게 약한 모습을 보이기 싫었던 모양이다.

"병들어서 걷지도 못하는 내가, 남한테 가랑이를 벌리고 뒤처리를 부탁하는 모습을 어찌 아이들에게 보일 수 있을까."

요양원에 입소한 이후에도 웬만한 부탁은 하지 않는 분이었다. 할머니는 소변은 기저귀를, 큰 볼일은 변기를 사용했는데 혼자 휠체어에서 변기로 이동해보려다가 바닥에 떨어질 뻔한 적도 있었다. 누군가 뒤에서 휠체어를 밀어주려고 하면 할머니는 극구 사양했다. 나는 도움받는 일에 어색해하는 할머니에게 말씀드렸다.

"어르신과 제가 그전에 만난 적은 없지만, 제가 아직 어렸을 때 어르신께서 그 힘든 시절을 견뎌주셔서 지금의 제가 있다고 생각해요. 그러니 미안하다는 생각은 하지 마세요. 이제 젊은 우리가 어르신들을 보살펴드릴 차례니까요. 제가 더 늙어서 병이 들면 또 다른 젊은이가 저를 지켜줄 테죠. 그래야 이 세상이 유지될 게 아니겠어요? 이제 자녀분들에게도 기회를 주시는 것이 어때요? 어르신을 보살필 기회요. 시간이 많지 않을 수도 있어요. 그 기회조차 얻지 못하게 되면 나중에 어르신이 돌아가시고 난 후에 자녀분들의 마음이 몹시 아플 거예요. 요양원에 모신 것만으로도 이미 가슴 아파하고 있을 테니까요."

할머니는 아무 말이 없었다. 이럴 때는 무조건 손을 잡아야 한다. 체온은 말이 할 수 없는 일을 해낼 때가 많다는 것을 나는 경험으로 안다. 우리는 그저 손을 맞잡고만 있었다.

다음 금요일이 되었을 때, 지난 금요일처럼 전화기를 들고 있는 할머니의 모습이 보였다. 할머니의 목소리가 들려왔다.

"내일 주말인데 바쁘지 않으면 한 번 다녀가거라. 손자들이 보고 싶구나."

나는 할머니의 부서진 두 무릎에 감사드린다. 툭툭 튀어나온 손가락 관절에 감사드리고 빠져버린 손톱에 감사드린다. 나는 어르신들이 가난하고 고생스러웠던 그 시절을 이 악물고 살아내신 것에 고개를 숙인다. 나 역시 늙어서 병이 들 수 있지만, 나는 세상이 멈추지 않고 돌고 돌 것을 믿는다.

토요일에 할머니는 외출을 다녀오셨다. 스무 명이 넘는 가족들에게 둘러싸여서. 할머니 침대 위에 놓인 여러 개의 사탕 봉지에서 달콤한 향이 느껴졌다. 아직 하나도 뜯지 않았는데 말이다.

미소로 끝나는
삶이 있다

생의 시작은 울음이다. 미소를 지으며 태어났다는 아이를 나는 본 적도, 들은 적도 없다. 우리의 시작이 눈물이었음은 누구도 부인할 수 없다. 다만 이 첫울음이 슬픔에 기인한 것인지는 알 수 없는데, 눈물에는 여러 가지 이유가 있기 때문이다.

요양원에서 생활하는 사람들은 적어도 60대 중반부터 많게는 100세를 넘긴 노인들이다. 노인장기요양보험이 65세 이상을 대상으로 하기 때문인데, 가끔 50대 중반의 사람도 드물지만 있긴 하다. 치매 환자이거나 뇌경색, 뇌출혈 등 뇌혈관 질환의 후유증으로 몸 일부를 움직일 수 없는 사람들이다. 이들의 몸은 움직임이 아주 느린데 감정 또한 몸과 다르지 않다. 이들은 막장 드라마를 보면서도 주인공을 괴롭히는 상대 배우에게 화를 내지 않는다. 남극의 빙하가 깨지거나, 그 빙하를 타고 온 펭수가 외계어를 날려도 이들은 아무 반응을 보이지 않을 것이다. 대개는 감정 변화가 무척 느린 편이다. (반대의 경우도 있다.)

그런 노인들이 간혹 울 때가 있다. 일상생활에서 이들은 눈물 없이 운다. 하기 싫은 목욕을 해야 할 때, 눈이 보이지 않고 귀가 들리지 않아 다른 노인들이 참여하는 프로그램에 자신은 참여할 수 없을 때, 건강 때문에 먹어서는 안 되는 음식을 먹고 싶어 할 때 치매 노인들은 운다. 눈물도 나지 않는데 운다. 우는 척을 한다.

나는 치매 노인들이 진짜 눈물로 우는 때를 안다. 아들이 찾아올 때다. 다 그런 것은 아니지만 주로 면회를 자주 오는 쪽은 딸이다. 음식과 과일을 들고 찾아오는 이들도 딸이다. 그런데 할머니들은 딸을 보고는 울지 않고 아들을 보면 운다. 치매의 진행 정도와는 상관없이 거의 모든 할머니들이 그렇다. 할머니들은 여자라는 이유로 무시받고 대접받지 못하던 시대를 살아왔으면서도 희한하게 아들을 보면 운다.

나의 엄마도 그렇다. 누나는 우등생이었고, 현재도 모범적으로 잘 살고 있다. 엄마에게 정성을 다하는 효녀다. 그런데도 엄마는 누나를 보면 웃고, 나를 보면 운다. 나의 엄마도 아들을 보면 운다.

나는 슬픈 영화를 볼 때 매번 눈물을 흘린다. 울리기 위한 영화에는 폭탄이 숨겨져 있다. 관객의 감정선을 터트리기 위해 작은 사건들을 도폭선으로 연결한다. 계획된 지점에 이르면 감독은 뇌관을 작동시킨다. 이 지점에서 나는 어김없이 운다.

요양원에서는 치매 노인들을 위한 영화 관람 프로그램이 있다. 주로 〈춘향전〉, 〈벙어리 삼룡이〉, 〈사랑방 손님과 어머니〉 같은 고전 영화가 상영된다. 그런데 치매 노인들은 영화를 보며 감독이 원하는 곳에서 울지 않는다. 춘향이가 곤장을 맞을 때도, 벙어리 삼룡이가 사랑하는 아씨와 불에 타 죽을 때도 노인들은 울지 않는다.

치매 노인들은 감독이 전혀 예상하지 못한 지점에서 눈물을 흘린다. 한 할머니는 암행어사로 돌아온 이몽룡이 사또를 벌주는 장면에서 운다. 일본 순사에게 잡혀간 아버지가 생각나서 운다고 한다. 어떤 할머니는 벙어리 삼룡이가 살려달라는 오생원 아들을 모른 척하는 장면에서 운다. 6·25 전쟁 때 포탄에 맞아 죽은 오빠 생각에 운다고 한다. 치매 노인들은 영화를 볼 때 주인공이 아니라 기억 때문에 운다.

아들을 보고 울고, 과거의 기억으로 우는 치매 노인이 삶을 후회한다고 말한다. 모진 세월을 죽을 둥 살 둥 이 악물고 살아왔는데, 이제 좀 편해질까 했더니 그만 치매에 걸렸다고. 내 몸도 좀 돌보며 살걸. 아프기 전에 애들과 맛있는 것 먹고 구경도 자주 다닐걸. 할머니는 지난 시간을 후회하며 운다.

나는 울음으로 시작해서 눈물로 끝나는 삶을 자주 보았다. 하지만 눈물로 태어났다고, 꼭 죽을 때도 그럴 필요는 없지 않을까?

나는 웃으며 태어나는 아기는 본 적이 없지만 미소 지으며 죽은 사람은 여럿 알고 있다. 그들은 삶에 후회가 없다고 했다. 그들의 죽음은 다른 사람과 다르지 않았다. 거친 호흡이 있었고 마지막 숨을 내쉬기 위한 고통의 시간을 지나야 했다. 이상한 건 그들이 죽고 난 후였다. 그들의 얼굴은 평안했다. 입가엔 미소가 남았다.

나는 그들이 살아 있을 때를 떠올렸다. 치매 환자로 요양원에서 생활하던 그들이었다. 그들은 치매에 걸린 이후에 대부분의 기억은 잊었지만, 자신들의 삶에 대한 태도는 잃지 않았다. 매일이 어제와 같은 무료한 요양원에서도 그들은 할 수 있는 한 오늘을 붙잡으려 애썼다. 어떤 이는 끊임없이 글을 썼고, 어떤 이는 쉬지 않고 할 수 있는 일을 찾았고, 어떤 이는 늘 기도를 멈추지 않았다.

나는 삶의 마침표를 눈물로 찍고 싶지 않다. 울음으로 시작해서 눈물로 끝나는 삶은 재미없다. 그러기에 나는 할 수 있는 한 오늘을 붙잡고자 노력할 것이다. 더 사랑하기 위해서, 웃으며 죽기 위해서.

노인들은 아침마다
죽고 싶다고 말한다

내 왼쪽 손목에는 여러 개의 상처가 있다. 자살 기도의 흔적이다. 죽고 싶던 때가 있었다. 20여 년 전쯤의 일이다. 몇 번의 주저한 흔적 위로 10센티미터 정도 그어진 상처가 선명하다. 그때 나는 삶의 목적을 찾을 수 없었고, 무기력에 빠져 있었다.

요양원에서 생활하는 노인들에게서 활기찬 모습을 찾을 수는 없다. 무기력하다. 아침이면 왜 아직도 죽지 않느냐고 물어온다. 그들에게 삶의 목적은 보이지 않는다.

"내가 무얼 그리 잘못해서 이런 벌을 받는가?"

노인은 탄식한다. 삶이 형벌로 느껴진다. "하루라도 빨리 죽고 싶다"는 말이 이어진다.

치매를 앓고 있는 노인들은 식사할 때 음식을 흘리는 경우가 많아서 앞치마를 목에 두르고 식사를 하는데, 이때마다 소란스러운 일이 생긴다. 내 앞치마보다 앞에 앉은 이의 앞치마가 더 새것이니 바꿔달라는 할머니의 주장이다. 죽고 싶은 마음은 새 앞치마를 이기지 못한다.

소고기구이가 반찬으로 나온 날이었다. 여기저기서 노인들의 불만이 들려왔다. 서로의 식판을 지적하며 내 고기의 양이 적다고, 왜 저 사람 고기가 더 많으냐고 소리 지른다. 죽고 싶은 마음은 소고기에게 항복한다.

노인 참여 프로그램이 없는 시간에는 노인들이 거실에 모여서 텔레비전을 보는데, 이때에도 허공을 향한 삿대질이 시작된다. 보고 싶은 채널은 여러 개고 텔레비전은 한 대뿐이기 때문이다. 죽고 싶은 마음은 막장 드라마에 묻히고 만다.

죽고 싶은 마음 뒤에는 끈질긴 삶의 일상이 숨어 있다. 삶은 생을 붙잡은 손을 쉬이 놓지 않는다. '죽고 싶다'라는 노인들의 말은 진실해 보인다. 그런데도 노인들의 하루를 보면 더 살고 싶은 마음이 느껴진다. 삶과 죽음의 거리는 멀지 않다.

110세가 되는 할머니는 120세까지만 살겠다고 한다. 하늘의 시간은 알 수 없지만 나는 그분이 그때까지, 아니 120세를 넘어서도 살아 계시기를 바란다. 할머니는 "앞으로 10년도 끄떡없겠다"라는 의사의 말을 들은 후 행복한 얼굴이다.

나는 할머니 앞에 슬그머니 새 앞치마를 둔다. 할 수 있는 한 소고기를 듬뿍 담고 텔레비전 채널을 7번으로 돌린다. 죽고 싶은 마음을 위로하는 일에는 대단한 행동이 필요하지 않다.

노인들은 오늘 아침에는 죽고 싶었지만, 앞치마에, 소고기에, 막장 드라마에 웃으며 또 하루를 보낸다. 내일 아침이 되면 그들은 또 죽고 싶은 마음이 들 것이다. 하지만 너무 염려 마시라. 나에게는 아직도 열두 개가 넘는 앞치마와 끊임없이 이어지는 끝장 드라마가 있으니까.

나는 과거에 죽고 싶었지만 아직 살아 있는데, 현재는 살아 있으면서 죽고 싶은 사람들을 보살피고 있다.

이제 그만
잔대

할아버지는 까만 부지깽이 같은 몸에 부리부리한 두 눈만 반짝였다. 새벽 1시쯤 침대에서 반쯤 허리를 세우고 있던 할아버지와 눈이 마주쳤다. 할아버지의 손에 무언가 들려 있었다. 취침 등만 켜져 있는 병실의 어둠에 눈이 익숙해지자 그 무언가의 윤곽이 드러났다. 침상에서 사용하는 소변 통이었다. 몸이 불편해서 화장실 이용을 못 하는 노인 중에 인지능력이 남아 있는 치매 환자들은 기저귀를 사용하지 않고 작은 플라스틱 소변 통을 사용한다. 할아버지는 걷지는 못했지만 일상적인 대화가 가능한 상태였다.

할아버지가 손에 든 소변 통을 앞으로 내밀었다. 소변을 비워달라는 뜻으로 알고 나는 손을 뻗었다. 그런데 할아버지는 손을 뒤로

빼더니 소변 통을 기울이는 시늉을 했다.

"앗, 할아버지! 그러면 쏟아져요!"

다급한 내 말과 달리 할아버지는 느긋한 표정이었다.

"이걸 확!"

이번에는 소변 통을 바닥에 던지려는 시늉을 했다.

"앗! 할아버지!"

할아버지는 소변통을 빨리 비우지 않은 것에 대해 항의 중인 거였다. 할아버지의 한밤중 시위는 자주 있었는데 정말로 소변 통을 바닥에 던진 적은 없었다.

할아버지는 약초에 해박했다.

"위장병에는 말이지. 소화제 같은 걸 먹어서 될 일이 아니야. 약초를 달여 먹어야 해. 암만, 약초가 최고지."

"머리가 아파? 그때는 천마만 한 게 없지. 암만."

"산삼을 캐려거든 말이야. 나무를 봐야 하는 거야. 15년 넘게 자란 나무를 봐야 해. 또 나무 사이가 너무 촘촘해도 안 되는 법이지. 나는 흙만 봐도 산삼이 자라는 땅인지 아닌지 안다니까. 암만."

할아버지는 약초에 대한 지식이 상당한 듯했다. 이러한 인정에는 할아버지의 약초 이야기가 진짜인지 가짜인지 가려줄 다른 약초

전문가가 요양원에 없다는 것도 한몫했다. 이상한 건 약초를 한창 말하다가도 상대 쪽에서 더 깊은 내용, 즉 복용하는 방법이라든지 처방을 부탁하면 할아버지는 말을 다른 쪽으로 돌리기 일쑤였다는 것이다. 그래도 어차피 질문하는 쪽도 정말 알고 싶어서 묻는 것이 아니었기에 할아버지의 얼렁뚱땅한 결론에도 우리는 손뼉을 칠 수 있었다.

나는 어릴 때부터 위장과 기관지가 좋지 않았다. 잔기침을 자주 하는 편이다. 밀가루 음식은 잘 먹지 못한다. 소화가 잘 되지 않기 때 문인데 할아버지는 이런 내 위장을 고칠 수 있다고 했다. 꽃가루 날 리는 봄에 심해지는 내 기침까지 고쳐주겠다고 큰소리쳤다.

"위장병이 있다고? 그건 금방 고칠 수 있지. 자네 잔기침도 금세 고쳐주지. 내가 나가기만 하면 말이야."

어떤 이는 치매 환자의 말을 곧이곧대로 믿느냐며 나를 타박했 다. 그런데 할아버지의 말을 자주 듣다 보니 세뇌가 된 것인지 정말 할아버지가 내 위장과 기관지를 고칠 수 있을 것만 같은 생각이 들 었다. 문제가 한 가지 있긴 했다. 할아버지가 네 병은 아무것도 아니 라면서 꼭 내가 시키는 대로 해야 한다, 내가 먹으라는 약초를 정확 하게 용량을 지켜 먹어야 한다, 그 약초만 먹으면 일주일 내로 위장 병은 고쳐지고 기침은 멎을 것이라는 말을 해놓고 정작 약초 이름을 말하지 않는 것이었다. 일 년이 넘도록 할아버지는 약초 이름은 쏙 빼고 고칠 수 있다는 말만 되풀이했다. 나는 할아버지에게 약초 이름을 듣기 위해 유도 신문과 재롱을 섞어가며 갖은 방법을 다 동원했다.

"할아버지, 그러니까 그 약초 말이에요. 어떻게 생겼어요?"

"거, 엷은 자줏빛 꽃이 여러 개 달리는데 꼭 종 모양으로 생겼지."

"그게 기력을 살려주고 기침에도 특효약이란 거죠?"

"암만! 그것만 한 게 없지. 오래된 그것은 산삼보다 귀한 거야."

나는 할아버지 눈치를 살피며 재빠르게 다시 질문했다.

"그럼 그 약초는 어디에서 자라는데요?"

할아버지가 두 눈을 게슴츠레 뜨며 말했다.

"흠흠, 깊은 산이지. 경사진 면에 물이 잘 빠져야 하고."

나는 이때다 싶어 잽싸게 마지막 질문을 던졌다.

"그 약초 이름이 뭐라고 했죠?"

할아버지의 입술이 움찔거렸다.

"에헴. 거, 피곤하구만."

할아버지는 막상 약초 이름을 말해야 하는 지점에 이르면 입을 꼭 다물었다. 하지만 나는 끝내 포기하지 않고 약초 이름을 알아낼

심산이었다.

어느 날 할아버지의 소변 통이 사라졌다. 몸 상태가 나빠진 할아버지는 기저귀를 사용해야 했다. 더는 약초 이야기를 할 수 없었다. 밥알을 삼키지 못해서 미음만 몇 수저씩 드셨는데 그것조차도 입 밖으로 흘리기 일쑤였다. 할아버지의 몸은 바싹 말라갔다. 뼈와 가죽만 남은 것처럼 보였다. 눈을 뜨기도 힘든 모습이었다. 할아버지는 온종일 눈을 감고 있었다. 잠깐씩만 실눈을 뜨는 것이 다였는데 그것도 하루에 몇 번 되지 않았다.

보름쯤 침대에 누워 있던 할아버지의 몸에 열이 올랐다. 해열제를 빻아서 미음과 함께 드렸지만 열은 떨어지지 않았다. 할아버지의 숨소리가 거칠어지기 시작했고 할아버지의 자녀들 방문이 잦아졌다. 보호자들은 한 사람씩 돌아가며 할아버지 침실을 지켰다.

"잔대……."

힘겹게 눈을 뜬 할아버지가 말했다. 무슨 뜻인지 이해하지 못한 나는 다시 물었다.

"네?"

"잔대……."

'이제 그만 잔다는, 떠나겠다는 뜻이 아닐까?' 하고 나는 생각했다. '잔대'라는 짧은 한마디를 하고 할아버지의 눈꺼풀은 다시 닫혔다. 몰아쉬던 호흡이 더 거칠어졌다. 잠시 자리를 비운 보호자를 찾아 나는 병실을 나왔다.

할아버지를 둘러싸고 있던 자녀들이 고개를 떨어뜨렸다. 보호자들은 입을 틀어막았다. 평소 면회 때마다 인사드리던 노인들이 바로 옆 침대에 있었기 때문이었다. 그러나 끝내 울음소리를 다 감출 수는 없었다. 복도까지 흐느끼는 소리가 들렸다. 나는 이동식 가림막으로 할아버지의 침대를 둘러막았다. 할아버지는 이제 숨을 내쉬느라 힘겨워하지 않았다. 숨을 멈춘 모습이 오히려 편해 보였다. 고통스러웠던 얼굴은 편안한 표정이었다. 죽음을 맞기 위한 준비 기간은 길었지만 죽음의 순간은 1초면 충분했다.

거실에서 텔레비전을 보던 노인들의 시선이 일제히 나를 향했다. 이미 어떤 일이 일어났는지 눈치는 챘으나 내 입을 통해서 재차 확인하고 싶은 모양이었다. 나는 희미한 미소를 띠며 말했다.

"편안한 곳으로 가셨어요."

노인들은 말없이 고개를 끄덕였다. 노인들이 방으로 모두 돌아간 뒤에 할아버지는 흰 천을 머리끝까지 덮고 요양원을 떠날 것이었다. 나는 할아버지를 멀리까지 배웅해드릴 수가 없었다. 그곳에는 아직 노인들이 남아 있었다.

몇 개월 후에 나는 텔레비전을 보다가 깜짝 놀랐다. 〈나는 자연인이다〉라는 프로그램이었는데, 한 출연자가 금방 캐낸 약초에 관해 말하고 있었다. 그가 손에 들고 있는 약초의 모습은 할아버지가 설명한 것과 너무나 똑같았다. 그제야 나는 할아버지의 마지막 말을 이해할 수 있었다. 나를 놀리려는 듯 약초 이름이 무엇이냐고 물을 때마다 딴소리를 하던 할아버지가 돌아가시기 전 내게 전했던 마지막 한마디 '잔대' 말이다.

인터넷으로 '잔대'를 검색해보니, 정말로 그 같은 약초가 있었다. "기혈을 보충하고, 감기는 물론 가래가 끓고 심한 기침이 나오며 숨이 차는 등의 증상에 쓴다"고 나와 있었다.

할아버지는 정말로 약초에 해박한 분이었던 걸까. 모르겠다. 마지막으로 내게 건넸던 말이 정확히 '잔대'라는 단어였는지 아니면 그저 웅얼거림이었는지, 그리고 그것이 정말 약초의 이름을 내게 말해주려던 것이었는지는 확신할 수 없다. 이젠 두 번 다시 할아버지에게 대답을 해달라고 조를 수도 없게 되었으니 말이다. 그렇지만 할아버지의 말이 정확히 어떤 것이었든 나는 할아버지의 마음이 긴 시간이 흐른 후에 내게로 전달된 것이라고 믿는다. 마음은 말로만 전달되는 것이 아니며, 논리적으로 설명이 가능해야만 받을 수 있는 것이 아닐 테니까.

감자조림을 보고
울었다

점심시간에 감자조림이 반찬으로 나왔다. 나는 스스로 수저를 못 잡는 어르신에게 음식을 드리는 중이었다. 옆에 앉은 할머니 한 분이 반찬 집는 것을 어려워하는 것이 보였는데 감자조림을 드시지는 않고 뒤적거리고만 계셨다. 나는 얼른 그분의 수저에 감자 한 조각을 올려드렸다. 할머니는 드시지는 않고 감자를 물끄러미 바라만 보았다. 할머니에게 물었다.

"감자를 좋아하시지 않나 봐요? 강원도에 감자가 흔해서 너무 많이 드시다 보니 좀 지겹긴 하죠?"

할머니는 잠시 뭔가를 생각하는 눈치였다. 수저에서 감자 조각을 내려놓은 할머니가 말했다.

"아이 생각이 나서 그래. 네 살 때 죽은 막내아들······."

40년 전쯤의 일이라고 했다. 할머니는 다섯 아이 밑으로 막둥이 사내아이를 낳았다. 당시 할머니는 40대 초반이었다. 큰애들이 학교에 가면 그녀는 동네 밭에 가서 일하며 생계를 꾸렸는데, 돌봐줄 사람이 없어서 네 살 아들도 늘 함께였다.

엄마가 밭고랑에 앉아 일할 때면 아기는 엄마 옆을 멀리 벗어나지 않고 흙장난을 하며 놀았다. 아기와 함께 밭일하는 것이 어렵지는 않았다. 여섯 명의 아이들을 먹이고 입히고 가르치려면 소작농인 남편 혼자 벌어서는 불가능했다. 꼬물거리던 아이들이 커가는 것을 보며 그녀는 하루도 빼놓지 않고 밭일 나가는 것을 마다하지 않았다.

그런데 그날은 웬일인지 밭에 나가고 싶지 않았다. 하루쯤 쉬어볼까 생각도 했다. 하지만 곧 돌아올 아이들의 월사금이 생각났다. 훌쩍 커버린 아이들의 작은 신발이 눈에 밟혔다. 네 살 막둥이가 마루에 누워 빤히 엄마를 올려다보았다. 그녀는 아이를 업고 호미를 손에 쥐었다. 포대기에 싸여 엄마 어깨를 더듬거리는 작은 손이 따듯했다.

며칠 전 두둑과 고랑에 난 잡초를 뽑았던 밭이었다. 오늘 할 일은 씨감자를 심는 일이다. 당시에는 밭에 비닐 피복 작업을 하지 않았다. 두둑을 따라 눈에 싹이 튼 감자 조각들이 길게 놓여 있었다. 그녀는 고랑에 비료 포대를 깔고 아이를 그 위에 내려놓았다.

멀리 연산(連山)을 따라 햇살이 비치기 시작했다. 어디에선가 나타난 새들이 무리를 지어 허공을 쥐락펴락하며 숲속으로 사라졌다. 4월 초순의 강원도 고지대 날씨는 선선했지만 그녀의 이마는 땀방울에 번들거렸다. 평소에도 성실한 그녀였는데 오늘은 더 쉬지 않고 일하는 중이었다. 그녀는 아이를 달고 와 일이 더디다는 소리를 듣고 싶지 않았다.

머리에 큰 대야를 올린 아낙이 나타나고서야 그녀의 손이 멈췄다. 몇 시간이 훌쩍 지난 것이었다. 그녀는 그제야 비닐 포대 위의 아이를 돌아봤다. 아이는 심심해서인지 엎드린 채 잠이 들어 있었다. 그녀는 아이를 깨우기 위해 자리에서 일어섰다. 그녀의 무릎에서 벽 갈라지는 소리가 났다.

엎드린 아이의 몸을 돌렸을 때, 그녀는 너무 놀라 아들을 손에서 떨어뜨릴 뻔했다. 그녀는 와락 소리를 질렀다.

"아악!"

사람들이 달려왔다. 아이의 얼굴은 창백했다. 입술은 파랗고 입은 하얀 거품으로 덮여 있었다. 사람들이 아이를 에워싸고 있을 때 그녀는 아무것도 못 하고 아들의 이름을 되뇌기만 했다. 그녀의 두 손이 바들바들 떨렸다.

밭 주인이 씨감자를 심기 전에 감자 소독을 위해 농약을 뿌린 것이 원인이었다. 농약이 묻은 감자 조각들이 밭 곳곳에 널려 있었다. 아이는 흙장난도 하다가 감자 조각도 만지작거렸다가 하며 놀고 있었는데, 어느 틈에 농약 묻은 씨감자가 입으로 들어갔는지는 알 수 없었다. 아무도 아이가 감자를 먹는 모습을 보지 못했다. 바로 옆에 있던 그녀마저도.

막둥이가 죽었다. 하지만 그녀의 눈에는 아이가 죽은 것처럼 보이지 않았다. 믿을 수 없었다. 그녀는 아들을 멍석에 말아두고 하루를 기다렸다. 금방이라도 잠에서 깨어나 엄마를 찾으며 울 것만 같았다.

이틀 후 막둥이는 앞산 햇살 잘 드는 곳에 묻혔다. 그게 끝이었다. 밭 주인은 씨감자에 농약을 묻히는 건 당연한 건데, 그것도 몰랐냐며 자신은 잘못이 없다고 말했다. 그녀는 아들을 죽인 건 바로 자신이라고 생각했다. 아들이 거품을 물고 죽어가는 모습을 바로 옆에서도 발견하지 못한 자신을 용서할 수가 없었다.

그녀는 막둥이와 함께 죽기로 작정했다. 보름을 굶었다. 정신을 놓았다가 깨어나기를 반복했다. 문득 정신이 들었을 때, 그녀의 주위에 다섯 아이가 모여서 울고 있었다.

그녀는 정신이 번쩍 들었다. 이 아이들마저 죽이면 안 된다는 생각이 들었다. 그녀는 자리를 털고 일어났다. 막둥이가 못 받은 사랑을 이 아이들에게 나눠주겠다고 다짐했다. 그녀는 딸 넷과 아들 하나, 다섯 아이를 기어코 지켜냈다.

안구건조증 때문에 아침저녁으로 안약을 넣어야 하는 할머니의 마른 눈이 촉촉해졌다. 나는 씨감자 조각을 먹고 속이 타들어가던 네 살 사내아이를 생각했다. 네 살 아이를 떠나보낸 엄마의 마음과 남겨진 다섯 아이를 생각했고, 감자조림을 보며 40년 전 막둥이를 떠올리는 할머니의 젖은 눈을 생각했다.

나는 감자조림 대신 숙주나물을 할머니의 수저에 올렸다. 오랜 시간을 살아온 분들에게는 반찬 하나에도 눈물이 스며 있다. 나는 할머니의 눈물을 못 본 척했다. 할머니는 여전히 감자조림만 보고 있었다.

약속

내가 네 곁으로 지나갈 때에 네가 피투성이가 되어 발짓하는 것을 보고 네게 이르기를 너는 피투성이라도 살아 있으라. 다시 이르기를 너는 피투성이라도 살아 있으라 하고.

_ 에스겔 16장 6절

나는 마포대교 위에 있었다. 준공 당시에는 서울대교라고 불리던 다리다. 마포구 용강동과 영등포구 여의도동을 잇는 길이 1,390미터의 다리, 한남대교에 이어 한강에 네 번째로 놓인 다리, 왕복 10차선의 다리, 2014년 3월 영화 〈어벤져스: 에이지 오브 울트론〉의 촬영이 있었던 다리, 그 다리의 중간쯤에 2010년 3월의 나는 하릴없이

서 있었다.

마포대교의 높이는 12.85미터다. 서강대교 20.65미터, 성산대교 21.86미터, 가양대교 23.36미터에 비해 높지 않다. 마포대교는 자살 대교로 알려져 있었다. 2010년 당시의 마포대교 난간 높이는 1.5미터였는데 현재는 1미터가 더 높아졌다. 자살 시도가 늘어나자 난간 높이를 손본 것이다. 마포대교에서 자살 시도가 뜸해졌다는 뉴스는 반가운 소식이다. 2.5미터는 넘기에 높은 벽이다.

나는 두 시간 남짓 마포대교 중간쯤에 서 있었다. 1.5미터의 난간은 허리만 꺾으면 몸을 넘길 수 있을 듯 보였다. 나는 강물을 보며 자리를 떠나지 못하고 있었다. 내 수중에는 한도 초과한 카드 몇 장이 다였다. 노력 없이 운만 바랐던 일들은 뭐라도 성과를 낼 턱이 없었고, 비루한 삶을 인정하고 싶지 않았던 나는 아내와 이혼을 한 터였다. 부모님과 누나, 가족들에게 추락한 내 삶에 대해 차근히 설명할 수 없었다. 이해받을 수도 없을 거라고 생각했다. 나는 철저하게 혼자가 되었고, 나는 갈 곳이 없었다.

나는 고개를 빼 들고 강물을 쳐다봤다. 만져보지 않아도 차가웠다. 어디서 시작되었는지 모를 바람 때문에 강물의 결은 흰 손톱을 세우고 있었다. 저녁 시간이 가까운 한강은 흙빛 물결 속에 짙은 암흑을 숨긴 것 같았다. 밤이 깊어갈수록 강물은 품고 있던 어둠을 남김없이 사방에 뱉어내고 있었다.

하얗고 마른 손들이 물살 사이에서 솟아 나와 내게 손짓하는 것 같았다.

"망설이지 마라! 어서 뛰어들어라!"

물빛 번들거리는 손들이 나를 부르고 있었다. 나는 무엇에 홀린 듯이 마포대교 난간 밖으로 머리를 내밀었다.

그때 등 뒤에서 무덤덤하고 짜증 섞인 소리가 내 뒷덜미를 잡았다.

"아저씨, 이제 좀 집에 가세요. 두 시간이나 이러고 있었다고요."

오른쪽 발을 난간에 걸친 자세로 나는 그를 쳐다보기 위해 고개를 왼쪽으로 돌렸다. 그곳엔 경찰복을 입은 앳된 청년이 서 있었고, 그의 뒤로는 순찰차가 비상등을 깜박이고 있었다. 청년은 지쳤는지 거의 나를 노려보듯 했다.

나는 난간에 걸쳤던 다리를 내리고, 청년에게 아무 대꾸도 하지 않고 뒤돌아 걷기 시작했다. 헛웃음이 나왔다. 여의도를 향하고 있다는 것은 알지 못했다. 방향을 따질 필요가 없었다. 나는 갈 곳이 없었다.

영등포역이 보였다. 사람들로 **빽빽**한 거리, 신호에 따라 멈추고 달리는 자동차들이 차도를 가득 메웠다. 나를 제외한 모든 사람들이 바쁘게 움직이고 있었다. 갑자기 심한 허기가 느껴졌다. 그러고 보니 온종일 아무것도 먹은 것이 없었다.

그런 와중에도 역사 주변으로 또 다른 사람들이 눈에 들어왔다. 쫄딱 망한 나보다 더 망해 보이는 사람들이 보였다. 다큐멘터리 프로그램에서 비쩍 마른 아프리카 아이들을 본 적이 있었는데, 내 눈에 보이는 사람들은 그보다 더 기이했다.

3월의 밤이 꽤 쌀쌀하다고는 하지만, 알래스카에서나 어울릴 듯한 두꺼운 점퍼를 입은 사람들이 제 몸보다 더 큰 가방을 어깨에 두르고, 야무지게 묶은 종이상자 뭉치를 손에 든 채 어디론가 향하고 있었다. 왜 그랬는지 모르겠지만 난 그들을 따라 걷기 시작했다.

그들이 향한 곳에는 긴 줄이 있었다. 그들은 길게 늘어선 줄의 끝에 붙어 더 긴 줄을 만들었다. 나도 그 줄의 일부가 되어 줄이 출렁거리며 앞을 향할 때 전진하기 시작했다.

그곳은 노숙자를 위한 무료 급식소였다. 나는 고개를 숙인 채 밥을 얻어먹었다. 교회에서 운영하는 곳이었다. 나는 평소 교회에 다니지 않았지만, 교인인 엄마의 영향으로 종교를 물으면 어릴 때부터 기독교라고 답해오긴 했다.

나는 교회 사무실을 찾아갔다. 나는 어디에도 갈 곳이 없었다.

2010년 3월의 어느 날이었다.

요양원과 마찬가지로 노숙인 시설에서도 죽음은 자주 목격되었다. 요양원에서의 죽음이 존중받는 죽음이라면 노숙인들의 죽음은 보호받지 못한 죽음이 많았는데, 삶이 끝난다는 점에서는 두 죽음이 크게 다르지 않았다.

노숙인 시설에서 지낸 지 두어 달 만에 나는 노숙인들을 보살피는 일을 하게 되었다. 노숙인을 씻기고 손발톱을 깎아주고 겨울에 얼어 죽는 노숙인이 없도록 영등포역사 안이나 길거리를 살폈다. 노숙인들이 교회 예배에 참여하도록 독려하거나 예배 시간을 관리하기도 했다.

뻔한 얘기 같지만, 사실이니까 말할 수밖에 없다. 나는 노숙인들을 보면서 마포대교 위에서의 나를 극복하기 시작했다. 그렇게 나는 그들을 통해 삶으로부터 도망쳤다가 다시 삶으로 돌아왔다.

2013년 8월, 나는 요양보호사 일을 시작했다. 나는 할머니, 할아버지들의 냄새가 싫지 않고, 그들의 굴곡진 주름이 전하는 이야기들이 참 좋다.

여느 직장과 마찬가지로 어르신을 보살피는 요양원에도 갈등은 있었다. 첫 직장에서 할머니와 이런저런 얘기를 나누는데, 선배 요양보호사가 뾰족한 말을 던졌다.

"어르신들이랑 너무 친해지면 안 돼. 그럼 어르신들이 이것저것 부탁을 많이 해대서 너만 힘들어져."

적당히 사무적으로 대하라는 말이었다. 그 선배로서는 내게 도움을 주고자 한 말이었을 것이다. 그러나 나는 그 말에 수긍할 수 없었다. 그런 말을 따르지도 않았다. 나는 어르신들만 생각하고자 했다.

그러던 어느 날, 한 요양보호사가 치매 노인에게 두들겨 맞는 장면을 목격했다. 요양보호사의 부주의한 행동이 있었지만, 치매로 인한 이유 없는 폭행이었다. 피해를 본 직원을 위한 공식적인 위로는 없었다. 그녀는 스스로 비용을 들여 치료를 받았다.

요양원에서 일한 지 3년쯤 지나자 요양보호사 일에 대한 회의가 들기 시작했다. 최저임금에, 명절날 일을 해도 수당 따위는 없는, 10년을 일해도 인정받지 못하는 경력, 다른 사람의 대소변을 치우는 일, 보호자들에게는 혹시 부모를 학대하고 있는 건 아닌지 의심받는 사람, 다른 사람의 부모를 돌보느라 정작 내 부모는 찾아뵐 수 없는 직업, 요양보호사의 현실이었다.

어르신들에게만 잘해드리면 될 것이라는 내 생각은 틀린 것 같았다. 나는 점차 말수가 줄어들었다.

3박 4일의 휴가를 마치고 출근했을 때였다. 할아버지 한 분이 반갑게 손을 흔들었다. 나는 인사를 드리려고 그에게 다가갔다. 할아버지는 기다렸다는 듯이 이불 속에서 뭔가를 급하게 꺼냈다. 빵 같았다. 포장지를 보면 빵이 분명한데, 빵은 호떡처럼 납작했다. 아마도 나를 기다리며 며칠을 이불 속에 보관하고 있었던 모양이었다. 할아버지는 누가 보기 전에 어서 먹으라는 표정으로 호떡, 아니 납작한 카스텔라를 내 턱 밑에 바싹 붙였다. 할아버지는 빵이 내 입에 들어간 뒤에야 안심하고 웃을 것이었다.

나는 밀가루를 먹지 못한다. 글루텐을 보통 사람들처럼 흡수하지 못하는 체질이다. 하지만 할아버지의 호떡 닮은 카스텔라는 늘 최고의 맛으로 기억된다.

지금까지 100명이 넘는 어르신들의 마지막 시간을 보았다. 우리 삶의 마지막은 드라마처럼 극적이지는 않았다. 돌아가시기 전의 며칠 동안 노인과 보호자, 그리고 나는 참혹한 전쟁을 치러야 했다. 짧은 들숨과 긴 날숨이 반복되고 죽음이 임박했음을 알리는 낮은 톤의 그르렁대는 소리를 듣는 것은 괴로운 일이다. 이윽고 마지막 숨이 빠져나가고 코의 호흡이 멈춘 뒤에도, 심장은 여리게 뛴다. 다급한 가족의 요청으로 심폐소생술을 해보지만, 심장은 서서히 식어갈 뿐이다. 우리는 모두 그렇게 생을 마감할 것이다.

나는 어르신들이 돌아가시기 전 그분들과 몇 가지 약속을 했다.

나는 한 할머니에게 미안하다고 말했다. 십수 명의 노인들을 살피며 제때 돌봐드리지 못해서 한 말이었다. 할머니는 약속해라, 미안해하지 말라고 했다. 할머니는 앙상한 손으로 나를 쓰다듬어주었다. 할머니의 손바닥 온기는 내내 잊히지 않는다. 나는 할머니의 말처럼 미안해하지 않기로 했다. 대신에 조금 더 부지런하게 움직이기로 다짐했다.

기도드린다는 약속은 잘 지켰다. 돌아가시기 전에도, 돌아가신 후에도 나는 그분들을 위해 기도드렸다. 기도란 것이 떠난 이보다 남겨진 이에게 더 위로가 되겠지만 말이다.

한 가지 약속이 마음에 걸렸다. 납작한 카스텔라를 주었던 바로 그 할아버지와의 약속이다. 할아버지는 가끔 내게 다짐을 받곤 했다. 당신이 죽고 나서도 나는 이 일을 계속해야 한다고. 할아버지가 왜 그런 말을 한 것인지 나는 모르겠다. 흔들리는 내 마음이 보였던 걸까.

나는 요양보호사 일을 계속해야 할지 고민 중이었다. 나의 부모님은 이미 연세가 많은데, 부모님과 보낼 수 있는 시간이 넉넉해 보이지 않았다. 하지만 나는 할아버지와의 약속을 지켜야겠다.

납작하게 눌린 빵을 내어주고 나를 바라보던 그분의 환한 미소가 아직 선명하니까. 내일이면 나를 기다리고 있을 다른 빵들이 아직도 남아 있으니까.

나는 그 약속을 지키기로 했다.

5부

오늘이 세상의
첫날인 것처럼 살겠습니다

오늘이 남은 삶의 전부인 것처럼
행복을 참지 않을 것,
그리고 나와 당신을 사랑하는 일에 몰두할 것

엄마들은 늘
괜찮다고 말한다

추석 연휴였다. 추석 당일 나는 오후 4시까지 일을 했다. 원래 근무는 오후 9시에 끝나는 저녁 근무였는데, 다행히 며칠 전 직장 동료가 자신과 근무를 바꿔달라고 부탁했다. 이번 명절에도 엄마를 뵐 수 없을 거라고 생각했는데 올해는 집에 갈 수 있게 되었다.

　몇 년 동안 추석이나 설에 부모님을 뵐 수가 없었다. 이곳 강원도에서 부모님 집까지 거리가 너무 멀기도 했고, 3교대 근무를 하느라 시간을 여유 있게 쓰기 어렵기도 했다. 그것도 그렇지만 내가 혼자 살고 있다는 점, 그리고 우리 집은 제사를 지내지 않는다는 점을 들어 동료들은 은근히 내게 명절 근무를 바라는 눈치였고 나 역시 적극적으로 명절 근무를 반대하지 않았다. 요양보호사라는 직업은 다른 사람의 부모를 보살피기 위해 정작 내 부모는 찾아뵙지 못하는 일이다. 어머니는 늘 서운해했지만 좋은 일 하는 거라며 오히려 나를 격려했다.

추석 당일이라 서울 방향 고속도로는 막히지 않을 것이라 생각했는데 예상 밖이었다. 막혀도 너무 막혔다. 내비게이션의 빠른 길 안내나 실시간 교통 정보는 아무 소용이 없었다. 도착 예상 시간을 알리는 여자 목소리가 튀어나왔다. 그녀는 시간이 얼마가 걸려도 상관없다는 말투였다. 전혀 지치지 않은 그녀와 달리 나는 눈이 퀭해진 후에야 부모님 집이 있는 안양에 도착했다. 평소라면 자동차로 1시간 30분 걸리는 거리를 3시간 넘게 달려야 했다.

집 근처에 도착한 후에도 나는 쉽사리 집으로 향하지 못했다. 그동안 찾아뵙지 못한 죄송함과 엄마의 아픈 얼굴이 먼저 떠올랐기 때문이다.

3년 전에 엄마는 유방암 진단을 받았다. 결국 한쪽 가슴을 잘라내야 했다. 혼자 살면서 마흔이 훌쩍 넘은 나이에도 꽤 철없는 나에게는 그 사실을 알리지 않았다. 치료가 끝나고도 한참이나 지나서야 나는 엄마의 한쪽 가슴이 사라졌음을 알았다. "괜한 걱정만 시킬 게 뻔하다"가 엄마의 이유였다.

방사선 치료를 받을 당시에 엄마는 치료 부작용으로 제대로 식사를 못 했다. 근 1년간을 미음이나 죽으로 연명했다고 한다. 당시에 암 치료를 받고 있던 엄마가 내게 전화했을 때도 나는 그 사실을 몰랐다.

"이번에도 못 오니?"

엄마의 목소리에는 늘 걱정이 스며 있다.

"그렇지 뭐."

나는 자주 엄마에게 무뚝뚝하게 말한다. 무심결에 떨어진 김치가 생각난 나는 엄마에게 말했다.

"김치 없는데……."

"그래, 금방 보낼게. 또 필요한 건 없니?"

나는 대충 대답했다.

"뭐, 열무나 갓김치가 먹고 싶네."

"갓김치는 담가야 하는데……. 금세 담가서 보내주마."

엄마는 며칠 후에 배추김치와 열무김치, 갓김치를 싸서 보냈다. 김치가 필요하다고 느낀 처음 생각과 달리 집에서 식사를 자주 하지 않던 나는 엄마가 보내준 김치를 몇 번 먹지 못하고 몽땅 버렸다. 나중에 엄마의 사정을 알게 된 나는 빈 김치 통을 안고 한참을 울었다.

다행히 더는 엄마의 몸속에서 암세포는 발견되지 않았다. 정기적으로 검진을 받을 뿐이다. 그 일 후에 나는 요양보호사란 직업에 대해 심각하게 고민했다. 내 부모에게 기본도 못 해드리면서 다른 노인들을 보살핀다는 것이 부질없게 느껴졌다.

엄마는 나를 말렸다.

"누군가는 해야 할 일이잖니. 엄만 괜찮다."

대문 앞에 나와 한쪽 다리를 삐딱하게 딛고 서 있는 엄마 모습이 보였다. 어르신들을 보살피는 일을 하다 보니 노인들의 자세만 봐도 어디가 불편한지 보인다. 엄마의 무릎이 성치 않아 보였다. 몇 년 만에 본 엄마는 몇 년 전보다 훨씬 더 늙어 있었다.

나를 본 엄마가 뭐라 몇 마디를 했다. 잘 왔다, 오느라 고생했다, 살이 빠졌구나, 이런 말들이었을 것이다. 엄마를 보자마자 목구멍에 뜨거운 것이 걸려서 나는 아무 소리도 안 들리고, 아무 말도 할 수 없는 지경이 되었다. 괜히 화장실만 들락거렸다.

빠른 속도로 상이 차려졌다. 미리 도착한 누나와 매형, 엄마와 아버지, 오랜만에 조촐한 가족이 모두 모였다. 조카 둘은 제 할 일을 하러 갔다고 했다. 이미 다 커버린 녀석들이다.

식구도 몇 되지 않는데 엄마는 늘 많은 양의 음식을 준비한다. 나와 누나의 손에 음식을 들려 보낼 요량인 거다. 갈비, 홍어찜, 동태

전, 새우튀김, 양념게장이 빠르게 밥상 위에 올랐다. 직접 수산시장에서 생선을 사 와서 옥상에서 말렸다는 생선구이도 있었다. 이어서 여덟 종류의 나물이 등장했다. 경상도에서 나고 자란 엄마는 추석 때 각종 나물을 빠트리지 않는다. 그런 다음 동그랗고 하얀 접시에 그것들이 담겨 나왔을 때, 나는 화장실에 가기도 전에 어깨를 들썩일 수밖에 없었다. 열무김치와 갓김치였다.

엄마는 자꾸만 음식들을 내 앞으로 끌어다 놓았다. 엄마의 추석 음식은 어느 것 하나 빠짐없이 맛있었다. 그런데도 내 시선은 자꾸만 열무김치와 갓김치로 향했다. 열무김치에서 엄마의 눈물 맛이 났다. 갓김치에서 엄마의 사라진 젖가슴 냄새가 느껴졌다.

엄마는 보름달처럼 웃고만 있었다.

할머니의 제사상에는
아이스크림 케이크가 있다

백발의 파마머리가 잘 어울리던 할머니가 있었다. 할머니는 하얀 머리보다 더 하얀 얼굴에 손톱에는 빨간 매니큐어를 칠했고 양쪽 귓불에는 작고 앙증맞은 금 귀걸이를 달고 있었다. 손녀딸의 솜씨였다. 손녀는 한 달에 두어 번 할머니를 찾아왔다.

　손녀의 나이는 40대 중반쯤 되어 보였는데 할머니는 중년의 손녀를 마치 아기 대하듯 쓰다듬고 안고 하는 모습이었다. 손녀는 할머니의 손톱에 매니큐어를 발라드리고 큰 꽃이 달린 챙 넓은 초록 모자를 선물하기도 했다. 그러면 아흔 살이 훌쩍 넘은 할머니는 아이처럼 잇몸을 드러내고 웃었다.

　손녀는 매번 면회 올 때마다 여러 음식을 준비했다. 재래시장에서 사 왔다는 통닭이나 닭죽, 사골국이었다. 손녀가 20대였을 때 할머니가 그녀에게 만들어준 음식이거나 함께 시장에서 사 먹던 음식이라고 했다. 이가 없는 할머니는 통닭을 먹지 못했지만 통닭을 가리키며 손녀와 웃으며 이야기를 주고받았다. 손녀는 할머니와 추억이 많은 것 같았다.

그녀는 엄마와는 친하지 않았다고 했다. 물론 "지금은 아니지만"이라는 단서를 붙였다. 그녀에게는 언니와 오빠, 그리고 여동생이 있었다. 중간에 낀 그녀는 여러모로 손해를 볼 때가 많았다. 엄마는 옷을 살 때도 언니와 오빠가 먼저였고, 막내는 막내라서 옷을 사주었는데 그녀에게는 언니 옷을 물려 입으라고만 했다. 그녀가 엄마에게 계모 아니냐고 따진 이유였다.

보통은 고향에 할머니가 있고 손녀는 서울에 살지만 그녀의 경우는 그 반대였다. 서울에 살고 있던 할머니가 고향에 내려올 때 그녀의 심통 난 두 볼은 모처럼 웃을 수 있었다. 할머니는 그녀를 데리고 읍내 장터에 가서 함께 통닭을 먹었고, 언니 오빠, 동생 것보다 앞서 그녀의 옷을 사주었다. 할머니는 언제나 그녀를 먼저 챙겨주었다. 그녀는 그런 할머니가 엄마보다 더 좋았다고 한다.

그녀는 스무 살이 되었을 때 서울에 취직해서 할머니와 함께 살았다. 할머니는 서울에 사는 고모 두 명의 살림을 살펴주었는데 고모 집에는 가정부가 있었다. 그러니까 할머니는 가정부 아주머니를 감독하는 일을 한 거였다. 말이 감독이지 할머니가 딱히 집안일을 간섭한 것 같지는 않았다. 그 일은 할머니의 무료함을 달래주기 위한 고모들의 배려 같았다.

할머니는 자주 그녀를 위해 요리를 해주었는데 할머니의 음식은 그녀의 입맛에 꼭 맞았다. 특히 그녀는 닭죽과 사골국이 맛있었다고 했다. 기름 한 방울 남기지 않고 걷어낸 뽀얀 사골국을 그녀는 잊지 못했다.

첫 여름 휴가 때였다. 그녀는 친구 대여섯과 함께 바닷가를 찾았다. 3박 4일의 여행을 마치고 돌아오던 길에 출발할 때부터 아팠던 배가 결국 탈이 났다. 집까지 오지도 못하고 쓰러져 가까운 보건소로 갔다. 위경련이었다. 그녀는 휴가가 끝난 후에도 사흘을 더 결근했다.

할머니는 아픈 손녀를 위해 전복죽과 닭죽을 끓였다. 혹시나 입맛이 없어 못 먹을까 봐 두 가지 죽을 내놓았다. 할머니는 아픈 손녀의 배에 손을 얹고 문지르며 말했다.

"내 새끼 아프지 마라. 내 강아지 얼른 나아라."

그녀는 할머니의 온기를 느끼며 잠들 수 있었다.

면회실에 할머니의 손녀가 기다리고 있었다. 그녀의 손에 네모난 상자가 들려 있었다. 그녀는 고개를 숙여 내게 인사를 했다. 나도 그녀에게 인사를 했다. 우리는 동시에 같은 말을 했다.

　"그동안 수고 많으셨습니다."

　그녀는 상자 두 개를 면회실 가운데 있는 둥근 테이블 위에 올려놓았다. 아이스크림 케이크였다. 그녀는 할머니가 평소에 좋아하던 거라고 덧붙였다. 할머니 장례를 치르고 돌아오는 길에 할머니 생각이 나서 아이스크림 가게에 들렀는데, 선생님들께 감사 인사를 드리려고 몇 개 더 사서 찾아온 길이라고 했다.

　작별 인사를 하고 돌아가는 그녀가 무엇을 잊은 사람처럼 몇 번을 뒤돌아보았다. 그녀는 이제 요양원을 방문하지 않을 것이었다.

　나는 할머니의 영혼이 평안하기를 빌었다. 그러고는 뜬금없이 할머니의 제사상을 상상했다. 닭죽과 사골국과 옛날 통닭 한 마리, 그리고 아이스크림 케이크가 있는 제사상이 그려졌다. 아마도 할머니는 즐거운 식사를 하실 거라는 생각이 들었다.

마지막이 찾아올 때
기쁘게 떠날 수 있도록

삶의 마지막 시간을 알고 있다면, 하루하루 두려움에 떨며 그 시간을 기다리게 될까? 아마도 그렇지는 않을 것 같다. 오히려 흘러가는 시간이 너무 아까워서 단 하루도 허투루 보내지 않기 위해 더 노력하며 살지 않을까?

삶의 마지막 시간은 반드시 온다. 누구에게나.

요양원에 계시다가 얼마 전 돌아가신 분이 떠올랐다. 그는 최고 위급 공무원을 지내다 정년퇴직을 하고, 남은 생을 자연 속에서 보내기 위해 전원주택을 지었다고 했다. 보호자인 부인에 의하면 할아버지는 평생을 하루 다섯 시간 이상 자본 적이 없다고 한다. 일밖에 모르던 사람, 너무 고지식해서 원칙에 어긋나는 일은 쳐다보지도 않았던 분이라고 했다. 그는 지독한 공부벌레였고, 3개 국어를 할 줄 알았다고 할머니는 덧붙였다.

바람이 어디로 갈지 모르듯이 삶의 길도 그렇다. 그는 강원도 원주의 산자락 아래에 그림 같은 집을 완성했다. 너른 정원에는 온갖 꽃씨를 뿌렸다. 붉은 열매가 열릴 보리수 모종과 아내가 좋아하는 사과나무도 심었다. 탁 트인 거실 창을 가득 채우는 벚나무 전경은 그의 자랑이었다. 봄이 되자 제비꽃, 아네모네, 수수꽃다리, 라일락이 꽃망울을 터트렸고, 또 한쪽에는 심지도 않은 꽃다지 한 무리가 제 발로 날아와 싹을 틔운 덕분에 노부부의 얼굴도 복사꽃처럼 붉게 피었다.

듬성듬성 흙이 보이던 정원에 잔디가 뿌리를 내리고 짙은 풀빛으로 번져갈 무렵, 그는 치매 진단을 받았다. 이상하리만치 그 진행 속도가 빨랐다. 발병 후 일 년이 지나지 않아 그는 요양원에 입소하게 되었다.

요양원에 입소한 그는 무척 폭력적인 사람으로 변했다. 예고도 없이 주먹을 날리기 일쑤였고 식판을 뒤엎기도 했다. 심지어 부인에게도 폭력적으로 굴었다. 갑자기 변해버린 남편을 이해할 수 없었던 부인은 혼잣말인 것처럼 하소연을 했다.

"생전 일밖에 몰랐던 사람인데, 왜 갑자기 저렇게 딴 사람이 되어버렸을까."

나는 지난 삶에 대한 그의 억울함이 큰 탓이라고 이해했다. 졸지에 남편의 보호자가 된 할머니는 울먹였다.

"이럴 줄 알았으면 진작 그만두게 할걸……. 그렇게 힘들게 살지 말걸 그랬어."

만일 내가 삶의 마지막 시간을 알고 있다면, 나는 정말 열심히 살면서 또 열심히만 살지 않을 것이다.

요양원에 있는 노인들이 공통으로 말하는 것이 있다. 그것은 살아온 인생에 대한 후회, 특히 자신을 사랑하지 않았음을 후회하는 일이었다. 제대로 사랑을 받아본 적 없기에 자신에게 사랑을 주는 법도 모르고, 그저 오로지 열심히만 살아온 세월을 후회하는 일이었다.

한 할머니가 말했다.

"이럴 줄 알았으면 진작 맛있는 것 먹고, 멋진 구경도 다녀보고, 하고 싶은 것 죄다 하면서, 그렇게 한번 살아볼걸 그랬어. 앞만 보지 말고, 옆에도 보고 뒤에도 보고, 그렇게 살걸 그랬어."

오늘이라 불리는 이 시간, 할 수 있을 때, 아직 살아 있을 때 사랑해야겠다. 먼저는 나를 온전히 사랑할 것이다. 그러고는 사람들을 사랑할 것이다. 그렇게 이 세상에 존재하는 많은 것을 찬찬히 들여다보고 사랑할 것이다. 삶의 마지막이 나를 찾아올 때 기쁘게 떠날 수 있도록, 후회 없이.

잘 죽기 위한
여정

열아홉 소녀 둘이 피난길에 올랐다. 1950년 12월 초순이었다. 그녀들이 보통강(그녀는 대동강을 이렇게 불렀다)에 도착했을 때였다. 사람들이 부서진 다리를 위태롭게 건너고 있었다. 뒤틀린 쇠 난간을 잡고 있던 사람들이 강물로 떨어지는 것이 보였다. 두 소녀는 다리를 건너지 못하고 애만 태웠다. 폭파된 다리를 건너기에 소녀들은 너무 가녀렸다. 어디선가 곧 중공군이 밀어닥칠 거라고 소리치는 목소리가 들려왔다.

다행히도 두 소녀는 강을 건너가는 작은 배에 오를 수 있었다. 그녀들의 뒤로 사람들이 다리에서 떨어지고 있었다. 물에 빠져 허우적거리던 사람들은 등에 짊어진 커다란 보따리와 함께 물속으로 가라앉았고 다시는 떠오르지 않았다. 두 소녀의 맞잡은 손이 떨리고 있었다.

서울에 도착한 소녀들의 손에는 군대 깡통(군용 반합을 그렇게 부르는 것 같았다)이 들려 있었다. 죽은 군인의 품에서 꺼내 온 것이었다. 모두가 힘든 시기였다. 그런데도 두 소녀가 내민 깡통에 사람들은 먹을 것을 담아주었다. 배불리 먹을 수는 없었지만, 소녀들은 이만한 것도 다행이라 여기며 군대 깡통을 소중히 간수했다.

중공군이 가까이 다가왔다는 소식이 전해졌다. 중공군이 다가올수록 피란민들의 걸음도 바빠졌다. 명령에 떠밀린 중공군은 빨랐고, 죽음에 내몰린 두 소녀의 걸음은 더 빨랐다.

두 소녀는 강원도 춘천과 원주에서 가장 많은 죽음을 목격했다. 폭격이었다. 폭탄이 떨어진 자리에는 사람의 팔다리가 불탄 나무처럼 나뒹굴었다. 두 소녀는 전쟁이 끝나기만 바랐는데 전쟁이 끝나기 전에 죽을 것만 같았다. 소녀들은 길가에 아무렇게나 죽어 있는 사람들을 보았다. 삶이 아득해지고 죽음이 가깝게 느껴졌다. 두려운 마음이 두 소녀의 마음을 파고들었다. 차라리 길가의 시체가 자신들이기를 바랐다.

그때 허리춤에 단단히 묶어놓은 군대 깡통이 흔들리며 안에 넣어둔 수저 하나가 땡강거렸다. 소녀들은 서로를 마주 보며 손을 꼭 잡았다. 두 소녀는 다시 걸음을 서두르기 시작했다.

전쟁이 끝난 후에 두 소녀는 강원도 원주에 정착했다. 한 소녀는 미군 부대 '캠프 롱'에서 청소 일을 구했다. 미군 부대에서 청소를 하던 그 소녀가 지금은 백발의 할머니가 되어 요양원 침대에 누워 있다. 할머니는 "굿모닝"으로 아침 인사를 건네고 "아이 러브 유"라는 말에는 "미 투"라고 답한다.

평안남도에서 남쪽으로 피난 온 열아홉 소녀는 이제 89세가 되었다. 군대 깡통으로 구걸을 하며 삶과 죽음의 경계에서 끝내 생을 포기하지 않았던 할머니는 아들 하나와 딸 셋을 키워냈다. 함께 피난길에 올랐던 할머니의 친구는 경기도로 터전을 옮겼다고 했다. 그녀는 하나밖에 없는 아들을 열차 사고로 잃었는데, 그 일 때문인지 잦은 병에 시달렸고 결국 10년 전에 세상을 떠났다고 한다. 떠난 소녀를 떠올리는 남은 소녀의 눈에 진한 안타까움이 느껴졌다.

할머니는 요즘 꼬리뼈 쪽에 욕창이 생겨 고생하고 있다. 다행히 호전되는 중이다. 나는 할머니를 볼 때마다 소녀가 보았던 무수한 죽음을 생각한다. 어찌할 수 없는 그 죽음과 할머니의 삶을 생각한다. 그 소녀들은 어떻게 그 시간을 견뎌냈을까.

며칠 전 할머니에게 내 남은 삶이 한 30년쯤은 될 것 같다고 너스레를 떨었다. 할머니는 담담하게 말했다.

"30년도 금방이야. 허투루 살지 말어. 그래야 잘 죽을 수 있어."

나는 잘 죽는다는 할머니의 말을 오랫동안 떠올렸다. 그러기 위해서는 먼저 잘 살아야겠지. 잘 죽기 위해서.

엄마도
아플 줄 안다

자신밖에 모르는 할머니가 있었다. 뭘 해도 당신이 우선인 분이었다. 할머니의 기상 시간은 새벽 3시 30분이었다. 할머니는 휠체어를 이용하는 데다 거동이 수월하지 않아서 일어나면서부터 이런저런 소음을 만들었다. 같은 방을 쓰는 노인들은 할머니의 이른 기상 때문에 불만이 이만저만이 아니었는데 할머니는 눈도 깜짝하지 않았다.

새벽 4시가 되면 할머니는 옷을 갖춰 입고 병실 앞으로 나와서 화장실 불빛에 의지해서 기도문을 읽었다. 할머니는 천주교인이었다. 30분 정도의 기도가 끝나면 휠체어를 이동해서 식당 문 앞을 지켰다. 식당 문은 7시가 되어야 열리는데도 누구보다 먼저 식당에 들어가기 위해 그 시간부터 기다리는 것이었다. 누가 당신보다 먼저 식당에 들어가려고 하면 밀치기도 마다하지 않았다.

밥을 먹는 속도도 굉장히 빨랐다. 입에 있는 음식을 삼키기도 전에 다른 반찬을 집어 입 앞에서 대기하고 있다가 음식이 넘어가기 무섭게 입에 넣었다. 양 볼이 미어지도록 가득 찬 음식 때문에 미처 삼키지 못하고 토하는 일도 다반사였다. 그러면 옆에서 천천히 먹으라고 자꾸 잔소리하는 통에 토했다고 핑계를 댔다. 급기야 할머니에게는 어떤 걱정의 조언도 하지 말라는 지시가 내려졌다.

할머니는 직원들이 다른 일을 하는 것이 뻔히 보여도 뭔가 필요하면 쉬지 않고 벨을 눌렀다. 딩동! 딩동! 딩동! 끝없이 울리는 벨 소리에 '무슨 급한 일이 생긴 건가?' 하고 달려가 보면 서랍에서 사탕을 꺼내달라고 한다든지 기저귀를 가져오라고 했다. 할머니는 기저귀를 스스로 갈아보겠다고 고집을 피우기도 했는데, 이미 젖은 기저귀를 한 번 더 쓰겠다고 떼를 쓸 때도 있었다.

요양원에서는 소파에 앉는 노인들이 등을 받칠 수 있도록 큼직한 인형들을 준비해둔다. 새 인형은 늘 할머니의 차지였다. 좋아 보이는 것은 손에 넣어야 직성이 풀리는 할머니였다. 할머니가 앉았던 소파에 다른 사람이 앉기라도 하면 할머니는 요양원이 떠나가도록 소리를 질렀다.

"내가 없더라도 내 자리엔 아무도 앉을 수 없어!"

상대편에서 무어라 말을 하면 할머니에겐 들리지 않았고 당신의 목소리만 키웠다. 할머니는 불리한 말은 못 들은 척했고 당신의 말은 찬찬히 들어주기를 바랐다.

2주 전부터 할머니의 기침 소리가 심상치 않았다. 해열제를 복용해도 열이 계속됐다. 이른 저녁에 잠을 청하기 전에 할머니는 자녀들과 휴대전화로 통화하는 습관이 있었는데 그날은 자녀들에게 전화하지 않았다. 그러자 연신 할머니의 전화벨이 울렸다.

"엄마 죽게 생겼다."

할머니는 이런저런 설명도 없이 한마디만 하고 전화를 끊었다. 여간해서는 아프다는 소리를 하지 않는 분이었는데 정말 많이 아픈 것 같았다.

다음 날 할머니는 병원 진료를 나갔다. 폐렴이라는 연락이 왔다. 할머니는 일주일간 입원 치료를 했다.

병원에서 돌아온 할머니는 힘이 많이 빠진 모습이었다. 스스로 휠체어를 움직이는 것도 힘겨워했다. 멘소래담 로션을 발라달라고 부탁하는 할머니의 두 무릎에 한 뼘 넘는 수술 자국이 길게 남아 있었다. 150센티미터 정도의 키에 70킬로그램은 넘게 나갈 것 같은 할머니의 몸이었다.

　진한 파스 냄새에 만족한 표정을 지으며 할머니는 고맙다고 고개를 끄덕였다. 함께 생활하던 노인들은 모두 할머니를 고약하다고 말한다. 왜 할머니는 자신밖에 모르는 것일까.

　할머니는 목장을 운영했는데 그 시작은 외국 소 다섯 마리였다고 한다. 자녀들이 어렸을 때 젖이 돌지 않는데 돈이 없어서 아기에게 미음을 끓여 먹였다며 할머니는 울먹였다. 젖소는 가난을 벗어나기 위한 할머니의 선택이었다. 다섯 명의 아이를 위한 다섯 마리의 젖소, 한 마리마다 아이 한 명의 미래가 되어주기를 바랐다고 했다.

　군대를 제대한 남편은 이렇다 할 일을 갖지 않았다. 할머니가 젖소 다섯 마리에 매달린 이유였다. 젖소가 새끼를 낳기 시작했고, 수년 뒤엔 할머니의 소는 백여 마리로 늘어났다. 목장 일은 한시도 쉴 수 없을 정도로 바빴지만, 남편은 조금 일을 하다가 사라지기 일쑤였다. 읍내 다방이 그의 주 무대였다. 풀을 베어 소를 먹이고 소똥을 치우는 일은 대부분 할머니의 몫이었다. 할머니는 소똥 치우는 것보다 풀 베는 일이 더 힘들었다고 했다. 할머니의 손에는 낫에 베인 상처들이 여태 남아 있었다. 새벽 4시에 일어나는 습관은 그때부터 생긴 거라며, 수십 년 새벽에 일어나다 보니 이제는 푹 자려야 잘 수가 없다고 했다.

나는 자신밖에 모르는 할머니가 무슨 기도를 하는지 궁금했다.

"새벽마다 무슨 기도를 하시는 거예요?"

할머니는 당연한 걸 묻는다는 표정으로 말했다.

"자식들 다 잘되게 해달라고 빌지!"

나는 그 정도면 다 잘된 거 아니냐고 말하고 싶었지만 그만두었다. 부모에게 자식 걱정은 끝이 없음을 잘 알기 때문이었다. 할머니 얘기를 듣고 보니 지금의 할머니 성격이 조금은 이해가 되었다. 악착같이 살아내야 했던 시절, 할머니 모습은 어쩌면 당연한지도 모른다는 생각이 들었다.

"할머니 자신을 위해서도 기도하세요."

할머니는 손을 내저었다.

"나야 이리 살다가 죽으면 그만이지 뭐."

할머니 말만 들으면 죽음을 전혀 두려워하지 않는 듯했다.

다 나은 줄 알았던 폐렴이 다시 시작된 것 같았다. 할머니는 연신 기침을 했다. 열이 올랐고 혈압도 덩달아 치솟았다. 마침 주말이라서 간호사도 없는 상황이었다. 해열제로 간신히 열은 붙잡고 있었지만, 혈압이 문제였다. 할머니는 심한 어지러움을 호소했다. 나는 침대 머리를 높이고 얼음 팩을 할머니의 양쪽 겨드랑이에 끼웠다.

할머니는 전화기를 집어달라고 했다. 그러더니 단축번호 1번을 꾹 눌렀다. 할머니의 전화기 통화음이 최대로 설정된 모양이었다. 의도치 않게 나는 옆에서 통화 내용을 듣게 되었다.

"오늘은 토요일이니 월요일에 엄마 상태를 봐서 병원에 모실게요."

맞는 말이었다. 할머니의 상태는 응급실에 갈 정도로는 보이지 않았다.

"지금 아픈데 월요일까지 참으란 말이냐?"

할머니의 목소리가 커졌다.

"엄마는 원래 잘 안 아픈 분인데 요즘 왜 이렇게 자주 아프세요?"

틀린 말이었다. 말을 안 할 뿐 할머니들은 자주 아픈 법이다. 할머니는 잠시 말문을 닫았다. 저쪽에서 연이어 뭐라 말을 했지만 정확하게 들리지는 않았다. 할머니는 전화기를 얼굴 앞쪽으로 가져갔다. 그러곤 전화기 화면을 말없이 노려봤다. 화면에는 '아들1'이라는 글씨가 떠 있었다. 할머니 휴대전화는 구형 폴더폰이었다. 할머니는 왼손으로 전화기를 잡고 오른손으로는 폴더 위쪽을 까닥거리며 폴

더를 닫을지 말지 망설였다. 상대의 몇 마디 말을 가만히 듣고 있던 할머니가 성난 목소리로 외쳤다.

"엄마도 아플 줄 안다!"

그러고는 상대방의 대답을 기다리지도 않고 전화를 끊었다. 그 이후로 아들2와 아들3, 딸1과 딸2가 연이어 휴대전화 화면에 떴는데 할머니는 전화를 받지 않았다.

다음날 새벽 3시 30분이 되었는데도 할머니 방은 조용했다. 평소라면 소란스러웠을 시간이었다. 오히려 할머니 때문에 새벽 기상이 습관이 된 같은 병실 노인들이 주위를 두리번거렸다. 할머니는 눈을 말똥말똥 뜬 채 침대에 누워 있었다.

"할머니! 많이 아프신 거예요?"

너무 일찍 일어나도, 또 일어나지 않아도 걱정이 되는 것은 매한가지였다. 할머니는 괜찮다며 손을 흔들었다. 하지만 주말 동안 할머니는 새벽에 일어나지 않았다. 동시에 할머니의 기도 또한 멈췄다. 약간의 미열이 계속되었지만, 다행히 혈압은 정상으로 돌아왔는데 할머니는 시무룩한 표정으로 음식을 남기기까지 했다.

할머니는 월요일에 병원에 다녀왔다. 다행히 단순한 감기였다.

병원을 다녀오고 난 후에 할머니의 새벽 기상은 다시 시작되었다. 자녀들의 복을 비는 기도도 재개되었다. 기도가 끝난 후 할머니는 컴컴한 식당 앞으로 이동했다. 가장 빨리 식당에 들어가기 위해서.

할머니의 굴뚝은
아직 따듯하다

눈이 마주칠 때마다 할머니의 "어스름~" 하는 소리가 들렸다. 연한 붉은빛 염색을 한 단발머리 할머니가 소파 끝에 어정쩡하게 걸터앉은 채 주위를 두리번거리고 있었다. 전직 중학교 선생님이었는데, 자칭, 타칭 아름다운 외모에 세련된 말투를 자랑하는 분이었다.

"어스르음~"

"할머니, 지금은 좀 바빠서요. 조금 있다가 말씀해주세요."

할머니는 알츠하이머병 진단을 받았다. 병은 할머니의 기억 대부분을 먹어치웠다. 남은 한두 가지의 기억을 놓지 않기 위한 힘겨운 노력일까. 할머니는 늘 같은 장면을 반복해서 설명했다. 바로 '어스름'으로 시작되는 이야기였다. 이 이야기는 꽤 장구하기에 바쁜 아침 시간엔 들어드릴 수가 없었다. 나는 최선을 다해 할머니의 시선을 피해야만 했다. 할머니는 아쉬운 눈빛으로 낡은 소파 끝에 걸터앉아 요리조리 '어스름'을 펼칠 상대를 찾고 있었다.

조금 여유가 생겨 할머니 앞에 앉았다. 할머니의 애타는 눈빛을 끝까지 외면할 수가 없었다. 말 상대를 찾은 할머니의 눈이 반짝 빛났다.

'어스름' 이야기에 준비운동은 없다. 바로 본론이다. 그 이야기가 할머니 기억의 전부이기 때문이다. 참, 이야기 속으로 들어가기 전에 주의사항이 있다. 일단 이야기가 시작되면 어떤 질문도 해서는 안 된다는 것이다. 이야기가 도중에 끊기면 할머니는 다시 맨 처음으로 돌아가 "어스르음~"부터 다시 시작한다. 온종일 '어스름'에 붙잡히고 싶지 않다면 가만히 고개만 끄덕이며 이야기의 결말을 기다려야 한다.

"어스름 저녁이 되면 아버지는 긴 곰방대를 한 손에 쥐고 한 손에는 내 꼬막손을 잡고 집 뒤에 있는 야트막한 동산에 올랐어. 낮다고는 하지만 어린 내게는 꽤 높았지. 난 괜히 길가의 풀을 잡아 뜯으며 심통을 부리기도 했어. 꼭대기에는 넓적하고 평평한 바위가 하나 있었는데, 아버진 그 바위에 앉아서 동네를 한 바퀴 둘러보셨어."

태평양 전쟁이 막바지였던 때였다. 전쟁 물자를 충당하기 위한 일제의 수탈이 가장 극심했을 때이기도 했다. 일본은 마을별로 할당량을 책정해서 각종 물자를 뺏어갔는데 쌀도 예외는 아니었다.

물자 수탈 초기에는 마을로 내려온 가마니에 작물을 구분하지 않고 채우기만 하면 됐다. 마을의 논 대부분은 아버지 소유였지만 아버지는 소작농들에게 불평을 듣는 사람은 아니었다. 아버지는 논에 옥수수를 심어 옥수수로 가마니를 채워 보내며 마을의 쌀을 마련하려고 노력했다. 하지만 전쟁에서 수세에 몰린 일제의 수탈 방법 또한 치밀하고 주도면밀해졌다. 결국 마을에서 사용할 쌀마저 뺏기게 되면서 내 또래의 밥을 굶는 아이들은 늘어만 갔다.

멀리 마을 아낙들이 큼지막한 대나무 바구니를 머리에 올리고 콩콩거리며 바쁜 걸음을 재촉하는 모습이 보였다. 산 그림자가 빠르게 그 뒤를 뒤쫓고 있었다. 동그란 점들이 서둘러 각자의 집으로 사라지면 굴뚝마다 하얀 연기가 피어오르기 시작했다. 그러면 아버진 긴 곰방대에 말린 담뱃잎을 꾹꾹 눌러 넣고 시꺼먼 돌멩이에서 떨어진 불똥을 빨아댔다. 곧 곰방대에서 연기가 몽글거리며 피어올랐고 아버지는 동네를 한 바퀴 휙 돌아봤다. 집집마다 긴 곰방대와 같이 연기가 피어올랐다.

그런데 유독 한 집의 굴뚝이 깜깜이였다. 한참을 기다려도 연기가 보이지 않았다. 내 친구 명자네 집이었다. 긴 곰방대를 입에 문 아버지가 하얀 연기를 길게 내뱉었다.

"아가! 광에 가서 쌀 한 바가지 가져가다 저 집 마루에 두고 오너라."

"우리 먹을 것도 부족한데……."

복어처럼 양쪽 볼을 한껏 부풀린 나는 애꿎은 길가의 돌멩이만 걸어차며 명자네로 갔다. 문틀과 아귀가 맞지 않아서 삐딱한 방문 틈으로 방 안의 모습이 보였다. 밥상 위에 공깃밥 하나를 두고 다섯 식구가 둘러앉아 공놀이하듯이 밥그릇 하나를 이리 밀고 저리 밀고 있었다. 여기저기 살 튼 고동색 밥상이 휘어진 다리를 부들거리는 것 같았다.

'명자야!' 부를까 하다 말고 툇마루에 쌀 한 바가지를 조용히 두고 나왔다. 오는 길에 심통에 부풀었던 두 볼은 어쩐지 웃고 있었다. 부리나케 돌아오는 길에 나는 몇 번이나 명자네 굴뚝을 돌아봤다. 저 멀리 아버지의 곰방대가 피워 올리는 연기가 보이는 것 같았다. 허허, 기분 좋게 웃고 있는 아버지의 모습도 함께…….

그때 전화벨이 울렸다. 누군가 면회를 왔다는 신호였다. 할머니에게 어색한 미소를 전하며 나는 자리에서 일어났다. 잠시 말을 멈춘 할머니는 나를 곁눈질해가며 다시 입술을 움직였다.

"어스름 저녁이 되면……."

오늘은 할머니의 기억을 끝까지 나눌 수는 없겠다. 살짝 웃어드리고 돌아선 등 뒤로 할머니의 아쉬운 목소리가 따라왔다.

"어스르음~"

할머니는 꿈꾼다,
며느리 시집가는 날을

시간이 흐르면 삶의 모든 것이 다 쪼그라드는 것일까? 치매 환자인 할머니는 날아가버리는 기억처럼 몸 또한 줄어들고 가벼워졌다.

할머니는 '자부동(방석을 가키는 일본말)' 위에 올라 복도를 항해 중이다. 두 팔을 노 삼아 젓고 있다. 두 번 앞으로 나아갈 때마다 한 번씩 "후유~" 하고 추임새를 넣으며 노 젓기를 반복한다. 노는 낡고 가늘어 언제 부러질지 모르게 아슬아슬해 보이지만, 할머니는 돛대도 없이 잘도 앞으로 나아가고 있다.

"할머니! 어디 가시게요?"

방석에 앉은 몸을 끌고 가느라 온 힘을 다하고 있는 할머니의 허연 얼굴이 붉어진 홍시처럼 터질 것만 같다.

"집에 가야지, 집에."

눈두덩이에 반쯤 가린 작은 눈에 간절함이 가득하다.

"집에는 아무도 없을 거예요. 곧 점심시간인데 식사라도 하고 가세요."

할머니를 달래보지만 작은 공처럼 웅크린 할머니를 실은 방석 은 요지부동이다.

"집에 누가 있는데요?"

할머니는 말없이 입만 삐죽거린다. 단춧구멍만 한 눈에 물인지 땀인지가 한 방울이나 맺힌다.

"며느리가 있지. 며느리가 나를 얼마나 기다리고 있을 건데."

올해로 92세가 된 할머니다. 남편은 20여 년 전에 서둘러 세상 을 떠났다고 했다. 남편이 떠나기 전에 이미 다섯 아들 중 세 명을 먼 저 하늘로 보냈고, 남편과 사별 후에 남은 두 아들 중 하나를 또 잃었 다. 그러니까 할머니부터 시작하여 첫째, 셋째, 넷째, 다섯째 며느리 가 모두 과부라는 것이었다.

"며느리가 다 과부야. 나도 과부고, 며느리 다섯 중 넷이 다 과부 야. 내가 가서 며느리들 시집을 보내야 하는데 나 집에 좀 데려다줘."

할머니는 3년 전쯤, 둘째 아들네와 살다가 요양원으로 들어오게 되었다. 대부분의 보호자들은 어르신을 요양원에 모신 후에 시간이 지날수록 발길이 뜸해지는데, 이 아들은 그렇지 않았다. 2년을 넘기는 동안 일주일에 한 번씩은 꼭 빼놓지 않고 할머니를 찾아온 터였다. 그런 하나 남은 아들이 요 몇 달 발길이 뜸해지자 할머니는 부쩍 더 떼를 썼다.

"내가 가서 며느리들 괜찮은 자리 알아나 보고 올 테니 문 좀 열어봐."

할머니의 색 바랜 사각 방석이 들썩거린다.

몇 개월 전, 둘째 며느리가 홀로 요양원에 왔다. 그리고 한 가지 부탁을 했다. 남편이 더는 어머니를 찾아뵐 수 없는 상황이라고 했다. 할머니의 하나 남은 아들이 병에 걸렸는데, 간암 말기라고 했다. 그녀는 창백한 얼굴로 덤덤하게 남편의 말을 전했다.

"어머니께는 아들이 멀리 외국에 나가게 되었다고 말해주세요. 혹시 남편이 잘못되더라도 알리지 말아주시고요. 남편과 오래 고민했는데, 아무래도 그 편이 좋을 것 같아요. 꼭 그렇게 해주세요."

나는 그 부탁을 거절할 수가 없었다.

"할머니! 아드님이 회사에서 높은 자리에 올라서 멀리 외국에 가게 됐대요. 한참 걸릴 듯하니 너무 기다리지 마세요. 아드님을 위해서도 좋은 일이니까 걱정하지 마시고요."

다행히 아들의 출세 소식에 할머니는 조용히 그리움을 삭히는 눈치였다. 간암 말기로 할머니 곁을 지킬 수 없게 된 아들의 마음과 할머니를 안심시키고 돌아서는 며느리의 뒷모습에 나는 그저 엷은 미소를 지어 보이며 할머니의 안정을 바랄 수밖에 없었다. 할머니는 여전히 방석을 타고 복도를 향해 중이다.

"이제 죽을 날만 기다리는 늙은이의 마지막 꿈이여. 과부 며느리들 시집 좀 보내게 해줘."

얼마 후 아드님은 돌아가셨다. 할머니는 아직 이 사실을 모르신다. 끝까지 알려드리지 않을 생각이다. 언젠가 두 분이 만나게 되면 이해해주실 거라 믿으면서…….

오늘 밤 할머니 꿈에 네 분 며느리가 연지 곤지 찍고 나타나면 좋겠다. 그 모습 보며 할머니가 꿈에서라도 활짝 웃으셨으면, 꼭 그랬으면.

하루가
너무 길다

요양원 복도에 길게 설치된 나무 봉 앞에 한 남자가 섰다. 휠체어를 탄 그는 나무 봉을 두 손으로 잡고 일어섰다가 앉는 동작을 반복했다. 한 번 일어설 때마다 그의 마른 두 팔이 부르르 떨렸다. 침대에서는 반듯하게 누운 자세로 두 무릎을 세운 후 바지 단을 잡고 허리를 들썩거렸다. 그가 할 수 있는 최선의 운동이었다.

이목구비가 뚜렷한 그는 훤칠한 키에 누가 봐도 미남이다. 그는 아침저녁으로 시간을 정해두고 물을 마신다. 그의 식사 시간은 요양원의 그 누구보다 길다. 그는 몸의 떨림, 근육의 강직, 그리고 몸동작이 느려지는 운동장애가 있다. 그는 53세의 파킨슨병 환자다.

그는 근육 위축이 진행되는 중인데, 이 근육 위축은 눈에 보이는 팔다리에 국한되는 것이 아니다. 몸속 장기까지 병의 영향을 받는다. 그는 위와 식도는 물론이고 혀까지 마음대로 움직일 수 없다. 그의 말이 알아듣기 어려운 이유다. 그의 말뜻을 알아차리기 위해서는 온 신경을 집중해야 한다. 말을 듣기보다 그의 마음을 읽으려고 노력해야 한다. 직원들은 내게 그의 말을 통역해줄 것을 자주 부탁한다. 나는 그와 대부분의 의사소통이 가능하다.

그는 물을 마실 때 물을 끈적하게 만드는 '점도 증진제'를 사용해야 한다. 삼키는 것이 어렵기 때문이다. 시도 때도 없이 역류하는 식도염은 그에겐 익숙한 일이다. 그는 일상의 불편을 고스란히 겪으면서 병의 증상을 느낀다. 하지만 그는 파킨슨병으로 인해 삶을 포기하지 않았다. 그에겐 매주 일요일이면 그를 만나러 오는 부인과 아들, 딸이 있으니까. 그는 매일 운동을 쉬지 않는다.

퇴근 시간이 가까웠을 때 나는 그에게 물었다.

"어르신, 전 요즘 하루가 너무 빨리 지나가네요. 어르신은 어떠세요?" (요양원마다 환자를 부르는 호칭이 다양한데, 이곳은 나이에 상관없이 어르신으로 부른다.)

나는 곧 바보 같은 질문이라고 후회했다. 53세의 젊은 어르신은 덤덤하게 대답했다.

"하루가 너무 길어. 지겹도록 길어."

"40대는 40킬로, 50대는 50킬로, 70대는 70킬로미터의 속도로 인생을 달린다고 하던데요. 어르신은 아직 젊어서 느리게 느껴지는 거예요."

나는 괜히 너스레를 떨었다. 그는 웃음을 보였지만 다른 생각에 잠긴 것 같았다.

그는 카센터를 운영했던 정비공이었다. 자동차에 대한 지식은 여전해서 사람들에게 차 수리에 대한 조언도 아끼지 않는다. 매일 빠짐없이 운동을 하고, 뉴스를 놓치지 않고 보며 세상을 붙잡으려고 노력했다. 그랬던 그가 말한다. 하루가 너무 길다고.

나는 머릿속이 멍해졌다. 그는 무서운 병을 앓고 있지만 그래도 잘 이겨내고 있다고 생각했기 때문이다. 내 착각일 뿐이었다. 그는 여전히 고통 속에 있었다. 누구라도 그렇지 않을까. 손발이 마음대로 움직이지 않고 온몸을 의도대로 사용할 수 없다면, 하루의 의미는 어떻게 다가올까.

하루가 지겹도록 길다는 그의 말이 내내 생각났다. 나는 그의 하루가 어떨지 떠올렸다. 그는 열두 시간쯤 잠을 자고 아침 식사를 한다. 오전에는 인지능력 및 기능 향상을 위한 프로그램에 한 시간가량 참여한다. (붓글씨 쓰기, 색종이 붙이기, 이야기 듣기 같은 요일별 프로그램이다.) 프로그램이 끝나면 텔레비전을 본다. 그리고 점심 식사를 하고, 일주일에 한두 번 있는 물리치료나 목욕이 끝나면 다시 텔레비전을 본다. 그런 뒤 저녁 식사를 하고 또 다시 텔레비전을 본다.

그의 하루를 떠올려보니, 하루가 지겹지 않다면 이상할 정도다. 뭔가 잘못된 거다.

우리나라 요양원의 목적은 무엇일까? 치매 환자는 사회에서 격리해야 한다고 생각하는 걸까? 왜 우리나라에서는 치매 환자의 사회 복귀가 희귀한 일이 되었을까? 치매 노인이 죽기 전까지 편안하게 지낼 수 있다는 대규모 요양원 공사는 계속된다. 보건복지부는 일상생활이 가능한 치매 노인을 위한 방문 서비스, 즉 재가 서비스의 시간을 4시간에서 3시간으로 줄였다. 치매 환자를 낮 동안 보살피는 주간 보호 서비스센터는 대기자가 줄을 섰다.

그 결과 홀로 식사하고 스스로 화장실을 이용할 수 있는 노인들, 다른 사람들과 충분히 일상의 대화를 나눌 수 있는 노인들이 치매 환자라는 이름으로 요양원에 온다. 요양원에는 아직 요양원에 오지 않아도 될 초기 치매 환자들이 늘고 있다.

그는 하루가 지겹도록 길다고 한다. 요양원에는 하루가 너무 긴 노인들이 멍하니 천장을 보고 있다. 요양원 서비스는 몇 년 전과 변함이 없어 보인다. 정부에서도 치매 문제와 관련해 무언가 준비는 하고 있는 모양인데, 53세의 파킨슨병 환자는 말한다. 하루가 너무 길다고, 삶이 너무나 힘겹다고.

질기고 질긴 것이
삶이라고

어르신 몇 분이 요양원 거실에 앉아 무표정한 얼굴로 TV에 시선을
고정하고 있었다. 말벗이나 해드려야겠다는 생각으로 우스갯소리
를 건넸다.

"할머니, 옛날에 호랑이 보신 적 있으세요?"

먼저 말을 걸지 않으면 온종일 입을 다물고 계셔서 그냥 던진
질문이었다. 진짜 대답을 원한 건 아니었다. 그런데 여기저기서 뜻
밖의 대답이 나왔다.

"봤지, 그럼."

"나도 봤지."

"난 개울 바위에서 봤어."

호랑이라니! 영화 〈봉오동 전투〉 도입부에서도 호랑이가 나오는 걸 보면 정말 있긴 있었나 보다.

조선을 강제 점거한 일제는 국가 총동원 법을 공표했다. 지원 형식이던 국민 징용은 곧 강제 노역으로 변했는데, 일제 말기에 전쟁을 위한 노동자 징용은 극에 달했다. 수많은 한국인이 일제에 강제 연행되었다.

이때 일제의 강제 노역을 피하려고 깊은 산속으로 숨어드는 사람들이 있었다. 이들 중에 할머니 가족도 있었는데 할머니의 나이 대여섯 살 때였다. 할머니의 현재 나이는 82세다. 할머니는 한참 만에 오래된 기억을 생각해냈다. 호랑이를 만났던 그때를.

새벽 첫닭의 울음소리가 들리기 전에 우리는 집을 나섰다. 아버지는 지게 가득 살림살이를 짊어졌고, 어머니와 열 살 언니의 손에도 흰 보자기로 감싼 보따리가 들렸다. 식구들의 표정은 굳어있었지만 나는 소풍 가는 아이처럼 폴짝거렸다. 날이 훤하게 밝아왔다. 우리는 걸음을 늦추지 않았다. 걷는 시간이 길어지자 나는 엄마와 언니의 등에 번갈아 가며 업혀야 했다. 새벽에 출발한 일정은 저녁이 다 돼서야 끝났다.

'노루골'이라고 했다. 노루가 많이 살아서 붙은 이름이었다. 우리는 허름한 집 앞에서 멈췄다. 예전에 화전민이 살았던 집이었다. 멀찍이 집 몇 채가 더 보였지만 모두 빈집이었다. 황토색 벽에는 군데군데 동그란 나무가 박혀있었고 지붕에는 나무껍질이 기와처럼 촘촘하게 연결되어 있었다. 아버지는 굴피집이라고 했다. 낡고 오래된 집이었지만 안을 정리하고 아궁이에 불을 피우고 나니 당분간 머물기에 큰 문제는 없을 것 같았다.

곧 어둠이 내렸다. 깊은 산속의 밤은 칠흑의 진한 검정이었다. 가끔 개가 짖는 듯한 노루 소리가 들렸고 멀리 짐승들의 작은 두 눈이, 떨어지는 별처럼 어둠 속에서 빛나다가 사라지기도 했다.

보름에 한 번씩 아버지는 생필품을 구하기 위해 산에서 내려갔다. 평소에는 혼자 갔는데 그날은 어머니와 함께였다. 산골의 밤은 산 아래쪽과는 비교할 수 없이 빨리 시작되었다. 오지 않는 부모님을 기다리며 언니와 둘만 있을 때였다. 찢어진 방문 창호지 사이로 횃불이 보이는 것 같았다. 바람이 부는 것인지 횃불이 보였다 사라졌다 하는 것이었다. 언니와 나는 아버지가 온 것으로 생각했다. 그런데 가까이 다가와야 할 횃불이 한자리에서 움직이지 않았다. 우리는 방문을 열고 밖으로 나갔다.

두 개의 횃불이 어둠 속에서 깜빡거렸다. 구름에 가렸던 달이 서늘한 빛을 내비치기 시작했다. 그러자 그것의 모습이 확연하게 드러났다. 20미터쯤 떨어진 거리에서 이쪽을 보고 있는 것은 노란 바탕에 검은 줄이 선명한 호랑이였다. 송아지만 한 크기였다. 크고 둥근 얼굴 위쪽에 짧은 귀가 뾰족했다. 호랑이가 눈을 끔뻑일 때마다 횃불이 사라졌다가 나타났다. 장터에서 본 도깨비 탈바가지 같았다.

호랑이에게서 시작된 가래 끓는 소리가 마당을 가득 채웠다. 언니는 나를 붙잡고 뒷걸음질을 쳤다. 우리는 숨소리도 낮추고 방문을 닫았다. 하지만 녀석이 맘만 먹는다면 허름한 문은 금세 부서질 것 같았다. 잠시 이쪽을 보던 호랑이는 아무 일도 없었다는 듯이 몸을 돌려 어둠 속으로 사라졌다. 긴 꼬리가 손 인사를 하는 것처럼 좌우로 흔들렸다.

아버지는 호랑이가 영물이라고 했다. 산을 지키는 산신이라는 말을 덧붙였다. 그런 호랑이가 함부로 사람을 공격하지 않을 거라 했지만 나는 커다란 두 개의 횃불이 자꾸 생각나 며칠 악몽에 시달렸다. 이후로 집 근처에서 다시 호랑이를 볼 수는 없었다. 하지만 한 번씩 온 산을 흔드는 호랑이의 목소리는 산신이 건재함을 상기시켜 주었다.

노루골에 들어온 지 3개월이 지나고 있었다. 아버지는 그만 산을 내려가 볼 생각이라며 짐 정리가 한창이었다. 나도 그동안 만나지 못한 동무들 생각에 들뜬 기분이었다.

그때였다. 요란한 총소리가 들려왔다. 깊은 산이 되받아치는 울림에 한 번 시작된 총소리는 끊이지 않고 산 이곳저곳에 부딪혔다. 아버지는 부리나케 높은 언덕으로 달려갔다. 아래쪽이 훤히 보이는 언덕이었다. 우리는 몸을 낮춘 채 고개만 빼 들고 아래쪽을 살펴봤다. 그곳에는 수십 명의 사람이 있었다. 그들은 일본군이었다. 한복을 입은 사람도 몇이 보였다. 그들 앞쪽에…… 우리 호랑이가 누워 있었다. 그 순간, 죽은 듯이 누워 있던 녀석이 고개를 드는 것이 보였다. 급하게 뒤로 물러나던 군인들이 긴 소총을 들었다. 다시 몇 발의 총성이 골짜기에 퍼졌다. 그들은 죽은 호랑이를 트럭 뒤에 실었다. 트럭에는 새끼 호랑이 두 마리가 실려 있었다.

아버지는 호랑이 덕분에 우리가 일본군에게 잡히지 않았다고 했다. 누가 시키지 않았지만 나는 호랑이를 위해 기도했다. 나와 언니를 잡아먹지 않아서 고맙다고, 우리 가족 대신에 죽게 돼서 미안하다고 말이다.

그 일 이후로 나는 다시는 호랑이를 볼 수 없었다.

말을 끝낸 할머니는 눈을 반짝이며 호랑이가 보고 싶다고 했다. 할머니의 머리는 눈 쌓인 산봉우리를 닮았는데 두 손을 모으고 호랑이를 그리워하는 모습은 마치 작은 소녀 같았다.

치매 환자인 할머니의 기억은 사라져가고, 할머니의 삶 역시 오래지 않아 마감될 것이다. 하지만 나는 할머니의 호랑이를 오랫동안 잊지 못할 것 같다.

삶의 마지막 순간에
우리가 가질 수 있는 것

그날은 야간 근무였다. 저녁부터 회색빛을 띠던 하늘이 비를 뿌리기 시작했고 2월의 찬 공기를 머금은 바람이 창문을 흔들고 있었다. 낮에 근무하던 인원이 모두 떠나면 나는 요양원을 한 바퀴 돌아보며 문단속을 했다. 요양원은 3층 건물에 지하 1층이 있는 구조였다. 2층과 3층은 치매 환자들이 생활하는 곳이었고, 1층은 사무실과 면회실, 식당, 물리치료실이 있었다. 여기까지는 순찰을 하는 데 별 어려움이 없었다.

문제는 지하 1층이었다. 지하에는 어르신들이 공연을 관람할 수 있는 큰 강당과 기계실, 세탁실, 그리고 마지막으로 늘 뒷덜미를 서늘하게 만드는 그곳이 있었다. 바로 시신 안치실이었다. 요양원에 안치실이 있는 이유는 가족이 없거나 가족이 부양을 포기한 노인들이 사망할 경우를 대비해서다. 사망한 노인의 시신은 안치실에서 하루나 이틀을 보낸 후 요양원을 떠난다.

안치실에는 시신을 이동할 때 쓰는 이동식 스테인리스 침대가 있었고, 한쪽 벽에는 시신 보관용 냉장고가 길게 설치되어 있었다. 나는 고개도 돌리지 않고 지나가고 싶었지만, 순찰할 때는 안치실 안을 꼭 확인해야 했다. 내가 일했던 요양원은 별도의 양로원을 운영하고 있었다. 요양원은 출입구가 비밀번호로 봉쇄되어 있었지만, 양로원에서 지내는 노인들은 자유로이 다닐 수 있었다. 가끔 양로원에 계신 분들이 예상하지 못한 곳에서 발견되는 문제가 있기 때문에 나는 순찰을 할 때 꼼꼼하게 살피는 편이었다.

안치실 안은 냉장고를 가동하지 않을 때도 이상하리만치 차가웠다. 그냥 느낌일 수도 있다. 사람은 상상만으로도 주변 온도를 착각할 수 있으니까. 나는 별 이상이 없음을 확인하고 강당 쪽으로 발길을 돌렸다. 며칠 전 강당 화장실에서 한 노인이 발견된 터였다. 밖에는 바람이 더 거세진 것 같았다. 기계실 한쪽 벽면에 높이 설치된 작은 창문이 심하게 흔들리고 있었다.

강당의 출입문은 음악 공연 등의 소리가 새어나가지 않도록 크고 두꺼웠다. 방음 처리가 된 문이었다. 문을 열자 낡은 경첩에서 쇠

긁는 소리가 났다. 그와 동시에 훅 하고 마른 나무 냄새가 밀려왔다. 강당은 바깥과 마주한 한쪽 벽면에만 큰 유리창이 있었는데, 강당을 사용하지 않을 때는 두꺼운 암막 커튼으로 가려놓았다. 이 암막 커튼은 노인들이 영화 관람을 할 때는 요긴하게 사용되었지만, 밤이 되면 강당을 칠흑 같은 암흑으로 만드는 요인이기도 했다. 강당은 꽤 넓었다. 안쪽에는 바닥보다 30센티미터 정도 높은 무대가 있었고, 무대 위에는 나무 단상이 하나 있었다.

순찰할 때는 암막 커튼이 만든 어둠 때문에 아무것도 보이지 않았다. 비상구를 알리는 간판의 엷은 빛이 어둠 속의 유일한 빛이었다. 내 작은 홍채는 안간힘을 다해 동공을 키웠다. 망막에 연결된 시신경들이 얼마 없는 시각 정보들을 뇌에 전달하기 시작했다. 어둠 속에서 조금씩 사물의 윤곽이 느껴졌다. 그때였다. 그들이 나타난 것은.

그들은 허공 속에서 홀연히 나타났다. 처음에는 희미한 형상이었는데, 점점 선명해지기 시작했다. 그것은 사람의 얼굴 모양이었다. 여덟 개의 얼굴들이 공중에 떠 있었다. 몸은 없었다. 얼굴만 보였다. 깜짝 놀란 나는 눈을 질끈 감았다. 나는 눈을 감고 생각했다. 잘못 본 것이라고. 고개를 저었다. 그리고 다시 눈을 떴다. 그러자 이제

여덟 개의 얼굴들은 더 선명해져서 옅은 미소까지 짓고 있었다.

나는 다시 눈을 감았다. 그리고 예수님을 떠올렸다. 나는 교회에 꾸준하게 다니지는 않았지만 스스로는 기독교인이라고 생각하고 있었다. 주기도문을 애써 외워봤는데 놀란 마음 때문인지 끝까지 기억나지 않았다. 온몸에 한기가 들었고 이마 위쪽으로 머리털이 모두 곤두선 느낌이었다. 눈을 뜨기가 두려웠다. 하지만 계속 눈을 감고 있기도 두려웠다. 나는 한쪽 눈만 살며시 떴다. 그들은 나를 비웃기라도 하듯이 여전히 어둠 가운데에서 여덟 개의 얼굴로 웃고 있었다.

'저한테 왜 그러시는 거예요?'

말은 입안에서만 맴돌았다. 어차피 이렇게 된 이상 나는 용기를 내어 그들을 노려봤다. 그런데 처음 본 얼굴이 아니었다. 내가 알고 있던 얼굴들, 한 사람 한 사람 익숙한 얼굴이었다. 나도 모르게 내 입에서 그분들을 부르는 소리가 흘러나왔다.

"○○ 할아버지, ○○ 할머니······."

그분들은 모두 작년에 돌아가신 분들이었다. 내가 아는 얼굴들이라는 것을 알아차린 후 내 공포는 현저하게 줄어들었다. 내가 씻겨드리고 기저귀를 갈아드린 분들, 내 얼굴을 쓰다듬고 안아주시던 분들이었다. 살을 부대끼며 함께 지냈던 분들을 무서워할 이유는 없었다. 나는 이분들이 왜 내 앞에 나타난 건지 생각하기 시작했다.

'내가 이분들에게 뭐 잘못이라도 했단 말인가.'

그럴 수 있을 것이다. 많은 노인을 살펴야 했기에 부족했을 것이고 빠트린 일도 많았을 것이다. 그렇다고 한들 저승에서 다시 돌아올 정도로 내가 잘못을 했단 말인가? 머리가 복잡했다. 어르신들과 지냈던 일들을 빠르게 떠올렸다. 역시 부족했던 일들이 생각났다. 나는 여덟 개의 머리에 용서를 빌어야 하는가. 그때 어둠에 완전히 적응한 내 눈동자가 새로운 형상들을 담기 시작했다.

노인들의 얼굴 주위로 사각의 테두리가 보인 거였다. 나는 얼굴들 쪽으로 가까이 다가갔다. 그러자 금세 상황 파악이 되었다. 나도 모르게 안도의 한숨이 나왔다.

노인들의 얼굴 아래로 검은색 보자기가 있었고 보자기는 책상을 덮고 있었다. 보자기 위에 세워진 것은 어르신들의 영정 사진이었다. 그제야 내일이 작년에 돌아가신 분들과 가족들을 위한 추모예배 날이란 것이 떠올랐다. 잠깐이지만 예수님을 찾고 내 죄를 탐색한 모습에 헛웃음이 나왔다. 여덟 분의 얼굴들을 찬찬히 바라봤다. 모두 빙그레 웃고 있었다. 영정 사진을 미리 찍어두어서 다행이라는 생각이 들었다.

강당을 나와 3층까지 계단을 오르며 이런저런 생각이 들었다.

해프닝이었지만 그 짧은 순간에 돌아봤던, 그분들에게 못해 드린 일들이 자꾸 떠올랐다. 저승에서 돌아온 여덟 개의 얼굴과 마주하며 사람들과 이별하기 전에 후회할 일을 줄여야겠다는 생각이 들었다. 그들이 세상을 떠난 후에는 아무것도 해줄 것이 없을 테니까.

우리는 언제나 내일을 떠올리며 산다. 바쁜 오늘 때문에 당장은 급해 보이지 않는 일, 사랑이나 행복 같은 일들은 내일로 잠시 미뤄 둔다. 하지만 내일이면 너무 늦을 수 있다. 모든 이별은 언제나 갑자기 찾아오기 때문이다.

지금 우리에게 무엇보다도 급한 일은 오늘 당장 사랑하는 일, 오늘의 행복을 참지 않는 일이다. 오늘이 세상의 첫날인 것처럼 온통 나와 당신을 사랑하고, 오늘이 세상의 마지막 날인 것처럼 아낌없이 행복해야 한다. 삶의 마지막 순간에 우리가 가질 수 있는 것은 오직 오늘, 지금, 이 순간의 마음뿐이기에.

더
사랑해야지

많은 치매 환자의 기억들은 낯설었고 때로는 정겨웠다. 그들과 영원한 이별을 할 때, 나는 그들과의 기억을 떠올리며 아쉬워했다. 한 사람이 떠나면 또 다른 이가 그의 자리를 채웠고 헤어짐과 만남은 내 존재와 관계없이 계속될 것이다.

나는 삶을 깊이 사색하는 사람은 아니었다. 언젠가는 내일을 위해 오늘을 살았고 또 언젠가는 어제를 후회하며 오늘을 살았는데, 치매 노인들은 내게 오늘을 위해 오늘을 살라고 말해주었다. 수많은 치매 노인들은 놓쳐버린 오늘을 후회했다.

회사 앞 정원 벤치에 앉았다. 소름이 돋는 바람이 조금 불었고 나는 반소매 차림이었다. 은행이 떨어진 은행나무는 은행나무 같지 않은 모습이었다. 남아 있는 은행잎은 파란 하늘을 배경으로 나뭇가지에 앉은 노란 나비 떼 같았다.

나는 황금 측백나무로 둘러싸인 벤치에 앉아 있었다. 춥지는 않았다. 햇볕에 데워진 팔이 뜨겁기까지 했다. 잠자리 한 마리가 옆에 앉았다. 날아가지 않고 나를 노려봤다. 아니다. 녀석에게 나는 안중에도 없었다. 잠자리는 해를 쬐고 있을 뿐이었다. 보이지 않는 새들이 나무 사이에서 지절거렸다. 바람이 지나며 내는 소리에 나무들은 수군댔다.

"새 한 마리도 하늘의 허락 없이는 떨어지지 않는다"는 성경 구절이 마른 가지 끝에 붙어 흔들렸다. 아직 떨어지지는 않았다. 바람에 겨울이 매달려오고 있었다. 오늘 병원에서 치료 중이던 노인의 부고장이 전해졌다.

잠깐의 휴식 시간은 곧 끝날 것이었다. 나는 벤치에서 일어났다. 찬 바람이 불었지만 해는 따스했다. 계절이 바뀌는 경계에 서서, 노인의 죽음은 하늘의 허락이 떨어진 것이라고 혼자 말해보다가 나는 뜬금없이 '나를 사랑해야지. 그리고 아직 내 곁에 있는 사람들을 더 사랑해야지'라고 생각했다.

가지 끝에 마른 이파리는 아직 매달려 있었다. 가슴이 뜨거워졌다.

당신이 꽃같이 돌아오면 좋겠다

초판 1쇄 발행 2020년 6월 10일
초판 7쇄 발행 2022년 11월 21일

지은이 고재욱
그린이 박정은

발행인 이재진 **단행본사업본부장** 신동해
편집장 조한나 **책임편집** 김동화
디자인 형태와내용사이 **교정교열** 안희나
마케팅 최혜진 이은미 **홍보** 반여진 최새롬 정지연 **제작** 정석훈

브랜드 웅진지식하우스
주소 경기도 파주시 회동길 20
문의전화 031-956-7355(편집) 02-3670-1123(마케팅)
홈페이지 www.wjbooks.co.kr
페이스북 www.facebook.com/wjbook
포스트 post.naver.com/wj_booking

발행처 ㈜웅진씽크빅
출판신고 1980년 3월 29일 제406-2007-000046호

© 고재욱, 2020
ISBN 978-89-01-24266-8 03810